光文社文庫

支那そば館の謎

裏《マイナー》京都ミステリー

北森　鴻

光　文　社

目次

ゆ
不動明王の憂鬱《ゆううつ》
裏京都ミステリー

（一）

保津川《ほづがわ》の河面をわたる風の冷気に思わず背中を丸め、僕は嵐山《あらしやま》渡月橋《とげつきょう》へと続く山道を急いだ。

——おお、寒ッ！　今年の冬は出足がずんと早い。

耳たぶと鼻腔で感じる空気は、高らかに冬の候を告げている。

脳味噌までとろけてしまいそうな夏が過ぎ、ようやく暑気の影が薄くなると、嵐山は紅葉の季節……これがずっと続くなら京都暮らしも悪くないと、思う間もなく、やがて冬のマイナスイメージキャラクター《比叡颪《ひえいおろし》》が、賽《さい》の目に区分けされた町を吹き抜け始めるのである。

　冬の京都。それは余所者《よそもの》ばかりでなく、そこに住む人々にとっても辛い季節であることに変わりはない。けれど四季折々過ぎて行く中で、どの季節が好きかと問われたら、たぶん僕は「冬」と答えるに違いない。目に見えるものすべてが冷たく研ぎ澄まされ、水墨画の世界に姿を変えることでのみ肌に感じることのできる、京都独自の暖かさは確かに存在する。

「要するにあれでしょう。銭湯の帰り道、風呂上がりの火照《ほて》りを少しでも逃さぬようにマフラーを巻き、湯桶を抱えたままおでんの屋台で熱燗を一杯。タコと鯨のコロの熱いところを頰張って、さらにもう一杯。それが京都の冬の醍醐味だと、君はいいたいわけだね、有馬次《ありまじ》郎君《ろう》」

今年一番の比叡颪が吹いた日のことだ、このように身も蓋もない発言をした大馬鹿者がいた。確かにそれを否定することはできないが、すべてでは、ない。

たとえば音もなく雪の降り募る夜の湯豆腐。

良いではないか。ちょっと襟元の崩れた艶な女性が、しなだれ掛かるように徳利の一つも傾けてくれたら、なおよろしい。

——贅沢をいえばただの湯豆腐よりは本場下関あたりから直送された虎河豚《とらふぐ》、アラの一つ、二つ、三つ、四つに鉄刺《てつさ》が一皿……ええなあ。

などと妄想を膨らませて前方への注意が疎《おろそ》かになったところへ、タイミングを合わせるように仏罰が下った。対面からかなりの速度で接近してきた人影と、もろにぶつかってしまったのである。

観光客で賑わう渡月橋から、山道のアップダウンを繰り返すこと約二十分。嵐山の奥の奥に位置する大悲閣千光寺《だいひかくせんこうじ》へ、冬の季節、しかも午前中にやってくる拝観客などあろうはずもないと、高《たか》を括《くく》っていたのが良くなかったのかもしれない。

「すっ、済んません」

「痛《い》ッた〜、ちゃんと前見て歩きなさいよ、このけだものアルマジロ！」

たったこれだけのやりとりで、僕の中から拝観客への心遣いや謙虚さといったものが、完全に霧散した。

「なんや、折原《おりはら》かいな」

「なんやとはなによ。人が心配してこうして朝から訪ねてきたげたのに」

「いらん世話や。それにもう十一時やで。朝とはいわへん」

「……うっ」

折原けいは京都みやこ新聞文化部の記者で、京都市民でさえ存在を忘れかけている当山を折に触れて紹介してくれる、いわば恩人といってもよい存在なのだが、なぜか尊敬の念を他人に抱かせることがないという、たぐいまれなる資質の持ち主である。本人は「わたしこそは大悲閣の守護神」と曰《のたも》うて、恬《てん》として恥じることがないらしい。そのくせただの一度だって入山料を支払ったことがなく、客殿におかれた賽銭箱さえ一顧だにしないわりに、サービスの抹茶だけは毎回ご馳走になってゆく、いわば仏道でいうところの善悪の彼岸、明暗一対の根源を日々実行している存在といってよい。僕の姓名である「有馬次郎」を、おかしな節までつけて「アルマジロ」と呼ぶ、河豚炊いてンの、素敵！　じゃなかった、不倶戴天の敵。そして、京都の冬の醍醐味を「銭湯帰りに屋台のおでん屋で熱燗一杯」と決めつけた大馬鹿野郎でもある。

「そんなことよりも、ご住職の容態はどうなの」

どうやら我が大悲閣の住職の身に起こった変事を、早くも聞きつけたらしい。

「その件で、河原町《かわらまち》まで出かけるところや」

「そんなに良くないの！」

「ええも、悪いもないいて。むちゃくちゃやで、ほんまに」

折原けいの顔色と表情がマイナス方向に変わったことで、僕は初めて良心の呵責《かしゃく》を覚えた。ま、ほんの心ばかり、ではあるが。


一昨日のことだ。

朝の勤行《ごんぎょう》を終え、寺の飼い犬であるタロウを散歩に連れてゆくのが住職の日課となっている。散歩とはいってもほとんど裏山の藪から藪へ、自衛隊員でも尻込みしそうな道なき道を、鎖もつけずに一人と一匹は歩き回るのである。一つには、ここ嵐山が自殺のメッカというありがたくもない一面を持っているせいだ。ことにこの数年、早々と人生に見切りをつけた中高年層——多くは男性の——が、自らの終焉の地を求めて山に迷い込むことが少なくない。そうした悲劇の抑止力になれば、との思いが住職にはある。さらには、境内に設けた一斗缶ストーブの、薪《まき》拾いも目的の一つである。

普段ならば、両手に抱えきれないほどの大小の薪を持っているはずの住職が、なぜかこの日は手ぶらで帰ってきた。しかも顔色が尋常ではない。そこへ持ってきて、額の脂汗となれば、事態が容易ならざることは明らかだった。

「あっ、有馬君……すまんが、ちょっと、手を」

生気のない声が終わらぬ間に駆け寄ったが、住職が膝を落とす方がわずかに早かった。

「どないしはったんですか」

「胸が……少し苦しい」

とっさに、

――心筋梗塞、あるいは狭心症！

二つの単語が浮かんだ。だとすれば事態は一刻の猶予も許されない。この二つの症例について、発症から初期処置までのタイムラグが患者の生命を左右すると耳にしたことがあったからだ。

刹那に、僕は意識のモードを切り替えた。

京都でも屈指の貧乏山寺、そこの寺男から、かつての《生業《なりわい》》の従事者へ、と。

もっとも近い内科医院は、京福電鉄《けいふくでんてつ》嵐山駅から十五分ほどの場所にある。寺から渡月橋まで徒歩で二十分。渡月橋から駅までは五分。そこからさらに内科医院までの三十分余りの道のりを、僕の足は十分足らずで駆け抜けていた。

住職を死なせるわけにはいかない。命の恩人であり、また人生の恩人でもある彼を、僕の目の前で失うことなど、許されるはずがない。その思いが、封印したはずの能力を解放したのである。

ほんの数年前まで、僕は関西一帯を活動範囲にする別の稼業に従事していた。折原けいには決して明かすことのできない、裏の稼業である。人様の持ち物を無断でもらい受け、それを売買のルートに乗せる、要するに広域窃盗犯だったのだ。特殊能力ともいえるほどの身の軽さ、足まわりの良さから、大阪府警・京都府警の両警察署から怪盗扱いを受けたこともある。

ところがある冬の夜、寺の宝物をいただく予定で大悲閣に忍び込んだ僕は、子犬だった夕ロウに吼《ほ》えられてその場を逃げ出した挙げ句、急斜面の階段を転げ落ちて骨折してしまった。そのまま放置されれば凍死、警察に通報されれば旧悪をすべて暴かれたうえで長期の服役は免れない。要するに絶体絶命のピンチに陥ったが、結果は全く別の方向に導かれることになった。住職が介抱してくれたうえに、寺男として働くことを勧めてくれたのである。実際のところはもっと、もっと紆余曲折《うよきよくせつ》があったのだが、詰まるところ僕は彼の提案を受け入れ、表の世界の住人となった。いや、なることができた。その恩はどれほどの尽力を重ねたところで、チャラになるものではない。

医院に着くなりなんの説明もせず、五十がらみの医師をそのままひっ担いで、僕はまた駆けだした。病室には検診を受けている最中の患者がいたようだが、そんなのは知ったことではない。肩のうえで喚《わめ》く医師に向かって、

「緊急事態です。大悲閣の住職が倒れたんです。心臓ではないかと思います！」

そう叫びながら渡月橋を渡った。対岸で客待ちをする保津川巡りの船頭であるモウやんに、「頼む、先生を大悲閣まで」といって、彼を船に放り込んだ。顔馴染みのモウやんはそれだけで事態を察したらしい。「任しときや」という一言だけで、すぐに船の舳先《へさき》を川の中央へと向けた。

それを見届けたうえで、僕もまた山道を駆けだしたのである。

「で、どうなったの」

「住職か？　庫裡《くり》で寝てはるわ」

「馬鹿、バカ、ばか。どうして入院させないのよ。大事に至ったらどうするの。病室が空いてないなら、電話すればいいじゃない。百万読者を味方に持つみやこ新聞文化部が、空きの病室くらい探したげるわよ」

って、どうしてこんな場面でまで、見栄を張るかな。いつからお宅の新聞の発行部数が百万をカウントしたの、などという言葉は、唇の外に出すことなく胸の奥にしまい込んだ。なにかと問題はあるものの、折原けいが我が大悲閣をある意味で偏愛していることは、間違いない。

「大したこと、ないんやよって」

「どうして、んなことがいえるのよ」

「医者の見立てやモン、僕の見当ちゃうんやから」

「病名は？」

「…………肋間《ろっかん》神経痛」

「はい？」

「だから肋間神経痛」

医者曰く、自業自得だそうな。生粋の京都人でさえ辛いと感じるこの季節、山寺である大悲閣周辺は市街地よりもさらに二度以上も低い寒気に包まれる。境内の一斗缶ストーブの火は、サービスというよりは拝観客確保の必要最低限の設備といってよい。にもかかわらず……すでにこの寒気に慣れている僕でさえも厚手のセーターが必需品だというのに、住職は薄手の作務衣《さむえ》一枚で一冬を過ごすのだから、当然の事ながら、彼の身体には相当の負担が掛かる。せめて庫裡にだけは暖房設備を入れてはどうかと提案しても、「心頭滅却すれば火もまた涼し、逆もまた真理なり」といって、聞かないのだ。

「それで、ついに長年の無理がたたって」

「いわば、精神のありように身体が叛乱《はんらん》を起こしたというわけ」

当事者ではないから、肋間神経痛の痛みについては想像するしかないが、相当にきついものであるらしい。僕と医師との進言に、嵐山の鉄人、あるいは大悲閣の不動明王と渾名《あだな》されれる住職が、ついには電気敷毛布購入を決意したほどだから、推して知るべし、である。

「ははあ、それで河原町の電器店にお買い物」

「体を温めるのが一番なんやて」

「なるほどねえ」

そういうと折原けいは、あっさりと踵《きびす》を返して、僕と同じ方向へと歩き始めた。

その足が、ほんの数歩でぴたりと止まった。視線が山肌の一部に吸い寄せられ、完璧に固定されている。

「あっ、あれ……もしかしたら、ねえってばアルマジロー」

やめなさいってば、その言い方は。

折原の視線の先に白い塊がある。髑髏《どくろ》であることは、すぐに判った。一見して人のようだが、明らかにひとまわりもふたまわりも小さい。おまけに犬歯が発達しすぎている。

「たぶん、猿やな。このあたりは多いし」

「なんだ、猿かあ」

とはいえ、仏道に仕える身としては捨て置くわけにはいかない。髑髏を道ばたに安置して、僕は手を合わせた。

「野を肥やす骨を形見にすすきかな。南無阿弥陀仏、南無阿弥陀仏」

「やだ、落語の野ざらしじゃないのよ、それじゃ」

「ほお、それを知っているとは感心、感心。ま、相手が猿ならばこの程度で十分やし」

そういって、髑髏を反対側の小さな淵に静かに沈めた。エテ公の魂の行く先がどうなっているかは定かではないが、万が一、六道の辻で迷ったとて喉が渇かぬように、との心遣いのつもりだった。

それがよくなかったのだろうか。

僕は淵の河面に浮かぶ背広の上下を見つけた。悪いことに、一目で中身が詰まっていることのわかる、黒い背広の上下、である。

（二）

「ああ、有馬君、有馬君ってば、ア～リマジロウ君」

茶菓子を喉に詰まらせながら、坊主頭の中年男が人の名を気安く呼んだ。

「おかしな節をつけて、フルネームで呼ばんといてください」

「いいじゃないの、僕と君の仲だし、ムフフフ」

「誤解されるようなことも、禁句です」

「わたしはだね、遺体の第一発見者である君に、詳しい話を聞いておるだけじゃないのよ」

坊主頭は、京都府警捜査一係の捜査員で碇屋《いかりや》。いまだにどうしても信じることができないのだが、警部であるらしい。京都府警の警部で、碇屋。どこかでよく似た名前の名探偵が活躍していた気がするが、この男に関していえば、断じてそのような存在ではない。「警部元気で暇がいい」と常に標榜し、なおかつそれを実践している正真正銘の税金泥棒である。

嵐山でしばしば発見される自殺者は、まず変死体として扱われる。司法解剖の結果、自殺と断定されれば問題はないが、自殺と他殺の両面で捜査が行われることも少なくない。そんなわけで、この税金泥棒ともいつのまにか顔なじみになってしまったのである。

――もっとも……。

僕がこいつを毛嫌いするのは、妙に馴れ馴れしいからばかりではない。かつての職業におおいに関係していることも否定できないのだが。

「大変な災難やったねえ」

丹前を着込んだ住職が、奥の寝間から起き出してきた。

「大丈夫ですかな」と碇屋が問うと、住職はにっこりと笑って丹前の前を広げてみせた。

「なるほど」

僕と碇屋は同時に頷《うなず》いた。丹前の内側、作務衣の胸から腹にかけて、すべての面を覆うようにシールタイプの使い捨てカイロが貼りつけられている。背中も同様らしい。「このままチベットに出かけても大丈夫みたい」という碇屋の言葉に、思わず頷いてしまったほどだ。

「それでなくとも重大事件続きで府警はてんてこ舞い。鑑識が『俺達を過労死にするつもりか』と愚痴るんで、だったら解剖はお手のものだろう、と言い返すことにしています」

「そういうたら、四条大宮《しじようおおみや》の近くのマンションで女性の変死体が見つかったり」

「帷子ノ辻《かたびらのつじ》では、ひき逃げです」

「物騒な世の中になってしもたねえ。南無阿弥陀仏、南無阿弥陀仏。で、うちで見つかった仏様の身元は判明したんやろか」

「それがご住職、指紋を照合したら、これがあっさりとビンゴ！」

「ということは、前科をお持ちの方ちゅうことになるね」

「そりゃもう、たっぷりと」

「なにが世の中、役に立つかわからんもんやわ。これも御仏の功徳、功徳」

冗談とも本気ともつかない口調で手を合わせる住職に、どこか違うぞと思いながらも、僕も従った。

「ええっと、男の氏名は徳光忠夫《とくみつただお》といいまして……四十一歳。神奈川県横浜市に住む指定暴力団員です。十八歳の時に暴力行為で少年院に収容されたのを皮切りに、二十三歳で殺人未遂、釈放後に組に入り二十九歳で傷害罪、三十五歳で恐喝行為、このときは証拠不十分で不起訴処分になっていますが、同じ年に傷害致死罪で逮捕。五年ほど服役して、昨年出所したばかりです。今や中堅幹部の一人、とまあ、裏街道をトントン拍子で歩き続けてきたことになりますね」

「はあ、四十一歳。本厄やないの。うちでご祈禱《きとう》差し上げてたら、こないな事にはならへんかったのに」

「あるいは、そのつもりで山道を歩いていて、足を滑らせたとか」

僕が口を挟むと、碇屋は首を横に振った。

「それが違う」

「死因に不審なところがあるとか」

「ううん。死因は前頭部を強打したことによる頭蓋骨陥没と、それに伴う脳挫傷」

「だったら事故やもしれんのんちゃいますか」

「問題は死亡推定時刻なのだよね」

僕が徳光の死体を発見したのが三日前である。司法解剖によると、死亡推定時刻はさらに三十時間から三十六時間遡《さかのぼ》るという。

「なるほど、そりゃ、おかしい」

「でしょう」

大悲閣に厄払いの祈禱を受けるつもりで——もちろん、そんなことはあり得ないが——山道を急ぎ、事故にあったのであれば死亡推定時刻は発見からせいぜい二十時間以内でなければならない。いくら拝観客の少ない貧乏寺でも、まだ紅葉が微《かす》かに残るこの季節、訪れる人の数がゼロということはあり得ない。事実、前の日は三十人程度の客が大悲閣を訪れているのだ。しかも、保津川には周囲を遊覧する川船、保津峡下りの川船が常に行き来している。そうした連中に発見されることなく、死体が二十四時間以上、淵に浮かんでいることなどあり得ないからだ。

「要するに、どこからか仏様を運んできたちゅうわけやね」

住職の言葉に、碇屋が頷いた。

「それにしても、頭を正面から一撃されて……とはね」

「ほお！　さすがは有馬次郎君。良いところに気がつくではないの」

「というと、やはり両手に防御創《ぼうぎょそう》がなかったのですね」

「そのとおりっ！　といいたいところだけど、実はあった」

「なんですのん、それは」

「あるにはあったが、普通は頭部を防御するために、こう」

碇屋が、両腕で頭部をガードしてみせた。この状態で襲われたのであれば、腕のどこかに傷がなければならない。これを防御創という。

「ところが徳光の防御創は、足の脛《すね》にあった。かなりの衝撃を受けたらしく、ひどい内出血が右の脛に残っていたのだよ」

たとえば暗がりで不意に襲われ、その一撃が致命傷であれば防御創は残らない。にしても、だ。

「足の脛……ねぇ」

三人の会話が滞るのを待っていたかのように、山門の陰から低いうなり声、もとい嗤《わら》い声が聞こえてきた。

「フフフ、無明《むみょう》の闇に射す光は一条、真実もまた一つなり」

すぐさま印を切り、裂帛《れっぱく》の気合いとともに《呪》を放つ。

「怨敵退散、降魔覆滅！　喝〜ツ!!」

「ぎゃあああああっ、うらめしや晴明《せいめい》って、叫び声なんてあげるわけないでしょう」

「なんや、つまらん。映画ではこれで悪霊が悶《もだ》え苦しむことになっているんやけど」

大きめのステンレスボトルを手にした折原けいが、「安倍晴明《あべのせいめい》ブームも、ちょっと過熱しすぎねぇ」などと呟《つぶや》きながら、姿を現した。

「なにをしにきたん」

「ご挨拶ねえ。せっかくご住職によく効く、煎じ薬を持ってきたげたのに」

頼まれもしないのに、ステンレスボトルから湯気の立つ液体を注ぎ、住職に勧めながら、折原が歌うようにいった。しばらくその焦げ茶色の液体を凝視、観察し、やがて住職は意を決したように口をつけたが、二口と喉の奥に流し込むことができなかった。うどんに醬油をかけるだけでもうまいという住職が飲み込めないほど、強烈な味らしい。

「おっ、折原君。これは一体」

「うちの秘伝です。おばあちゃんがよく作っていたのを思い出して」

「成分は？」

「いやだなあ、すべて漢方ですよ。マオウ、ヨクイニン、カンゾウ、シャクヤク……」

「確かにいずれも痛みによく効く成分やが、で、分量は」

「勘です！」

住職が「クエッ」と猛禽類に似た叫び声を上げ、すでに飲んでしまったものを吐き出そうとするかのように、喉のあたりをかきむしった。折原が諳《そら》んじた漢方薬のなかには、劇薬に相当するものがいくつか含まれている。元々鎮痛薬とは、そうした性格を強く有していて、決して勘で調合して良いものではない。

——恐るべし、折原けいとその一族！

ところが本人は、己の所業をまったく反省する様子もなく、

「例の遺体の話でしょう。なにを難しく考えているの。脛に外傷があって、前頭部を強打したことが直接の死因、だったら答えは一つしかないじゃないの」

その挑発まがいの言動が、よほど気に入らなかったらしい。碇屋警部が頬を微かに痙攣《けいれん》させながら、「面白い、お聞かせ願おうか」と、吐き出した。

「要するに、被害者はなにかにけつまずいた。ただそれだけのことよ」

「……どうしようもない阿呆だな」

「なんですって！」

目をつり上げた折原の脛のあたりに、碇屋警部の足がひょいと差しだされた。あっさりとけつまずき、折原が蛙のように四つん這いになる。

「見ろ、誰だってけつまずきゃあ、次には自分の頭部を庇《かば》うだろ」

「だから……それができなかったのよ」

「どうして」

「だから、後ろ手に縛られていたとか」

「そんな痕跡はなかった」

「女性用のストッキングを使えば、痕はつかないでしょう」

徐々に勢いを後退させながら、それでも折原けいは碇屋警部に食い下がろうとする。そこへ「しかしやな」と、僕は割って入った。

「折原のいうようにけつまずいただけの事故やったら、わざわざ遺体を嵐山まで移動させることはないやないの」

「……………」

さらに碇屋警部が追い討ちをかけた。ポケットからビニールの袋を取りだし、

「こんなものを持ち歩いている輩《やから》が、けつまずいて死ぬようなどじをふむと思うのか」

といった。

ビニール袋の中身を、僕たち三人の前に放った。

鉛筆をわずかに太くしたような金属棒である。その一部を碇屋警部が操作すると、直径二ミリにも満たないドリルが現れる。ドリルだけではない。肉眼で判別できる限界の細さの鋼線が、ドリルの横からリング状に現れた。

「えらく精密にできているだろう。そのドリルだが先端は人造ダイヤで、鉄板に穴をあけることも可能らしい。横から伸びている鋼線は、最大で一メートルの長さにまで達する。ねえ、有馬君。これが何に使う道具か、判るかな」

僕には、京都府警の税金泥棒の猫なで声が、耳に入っていなかった。

「判るわけないか。そりゃあ有馬君は、善良な寺男だからねえ」

そう、寺男の有馬次郎には判るはずがない。

――でも……どうして今頃こんなものが。

「警部さん、これってまさか……あの例の」

確認するようにいったのは、折原だった。

「その通り！　何年か前まで関西一円を荒らし回った窃盗犯、奴が使っていたものとぴったりと一致する。先端のドリルでガラス戸に小さな穴をあけ、鋼線を伸ばし操作することで半月錠を開ける道具だ。まったくよくできている、そう思わないか。ア〜リマジロウ君」

僕は顔色の変化を気取《けど》られぬよう、視線を逸《そ》らして「ええ」と答えることしかできなかった。

——そいつの能力はそれだけじゃない。

ごく一般的なシリンダー錠なら、ドリルで鍵穴の一部を破壊し、鋼線で開錠操作をすることも可能だ。もっともそこまでに至るには、相当の修練が必要なのだが。

どうしてそんなことを知っているのか。簡単なことだ。

《千手《せんじゅ》》と名づけられたその道具を考案したのは、他ならぬ僕であり、それを駆使して泥棒稼業に励んでいたのも、かつての僕だからだ。

（三）

今も町家造りの家並みが続く寺町の裏通り。

そこからさらに人目を避けるようにいくつかの路地を辿《たど》り、先はもうどこにも抜けることのできないどん詰まりに「くわんざし」と書かれた木札が揺れているのが見えた。立て付けの良くない引き戸を、柔道でいうところの足払いの要領で開けて、

「いるかね、元治《もとじ》さん」

薄暗い店の中に声をかけた。それまでのかんかんと小槌《こづち》を打つ音がぴたりと止まり、僅《わず》かに間をおいて、「ああ」と、陰気な声が返ってきた。

その声に含まれる隠しようのない狼狽の気配。

槌を握り返し、身構えたことを示す殺気。我知らずのうちに荒くなる呼吸を、無理に抑え込もうとして、逆に荒くなる鼻息。

それらを感じ取るだけで、僕は用事のすべてが達せられたことを確信した。

「いやあ、ずいぶんと珍しい来客があったもんやなあ」

店の奥から姿を現した都浦《とうら》元治が、わざとらしい作り声でいった。

「ああ、近くに寄ったものでね」

「それだけのことで?」

「今はもう昔の仕事から足を洗った身だ。他に用はないよ」

「そのわりに、言葉遣いに凄《すご》みがあるで」

都浦の言葉は、正確に今の僕を表現していた。

京都屈指の貧乏寺の寺男。うまくもない京都弁を使ってしゃべる、なんの取り柄もない凡庸な男の顔は、どこかの納戸にしまってきた。

ここにいるのは、かつての《俺》だ。

「これ、鯖《さば》の棒寿司。今年はずいぶんと脂がのっているそうだ」

熊笹の折包みを差しだしたが、都浦はそれに手を付けようとはしなかった。

「どうした、好物だろう(毒など入っちゃいないぜ)」

「食事を済ませたばかりなんや（信用できるか）」

　僕、いや俺達の腹芸が始まった。


　碇屋警部が大悲閣を訪れた昨日の夜。

　ポーカーフェイスを装っていたつもりだったが、住職の目を誤魔化し通すことはできなかった。客殿から京都市内の夜景を見つめていると、無論遠くに瞬く光の粒子に目を奪われていたわけもなく、意識は全く別のところに置いていたのだが、住職が猫科の動物のしなやかさでいつの間にか横に座った。

「なにか、気になることがあるようやね」

「つまらん煩悩の残骸を見せつけられました」

「煩悩……大いに結構やないの。人は人、所詮は御仏の領域に我が身を置くことは叶うはずもなし。なればこその人、そやろう。あれは小林秀雄《こばやしひでお》やったかしらん。『人とは人に成りつつある動物のことかもしれない』というたんは」

　まったくこの人にはかなわない。本人が無欲を絵に描いたような人柄なのに、人の欲には限りなく寛容であり続けられる。その人柄故にこそ、今の自分がいるといっても過言ではないのだが。

「京都府警の税金泥棒……いや碇屋警部が今日、見せてくれはったでしょう」

「あの奇妙な道具のことやね」

　頷いて、それが自分の考案によるものであることを告げると、住職の表情がわずかに曇った。

「あれは、前の職業から足を洗ったときに捨てました。今は保津川の川底にあるはずです」

「では、どうして今頃？」

「作った人間がいるのですよ。あるいは誰かが注文して、作らせたんです」

「製作者を知っておるのやね」

「もちろん」というと、住職は腕を組み、そして静かに瞑目した。どれほどの時が過ぎただろうか、やがて刮目《かつもく》して、

「有馬次郎君、君は山を下りなさい」

　といった。

「はい、そのつもりでした」

　住職の言葉が、破門を意味していないことは明らかだった。だが彼はこういっているのだ。保津川に浮かぶ関東のやくざものの遺体を発見したのも因縁、その男がかつて自ら考案した窃盗用の道具を所持していたのも因縁。ならば悪《あ》しき因縁は、その手で断ち切ってくること が筋道であろう、と。

俺の考案した《千手》を製作したかつての同業者。それがこの都浦元治である。表の看板に飾り職人を掲げていることから判るように、手先の器用さを武器にしている。

「最近は京都でも荒っぽい連中が増えているそうだ」

俺の言葉に都浦が大きく頷いた。

「かなわんなあ。ピッキングでよう開けんドアは、手斧でたたき壊しよる」

「日本には日本の古き良き伝統がある、それは守らないと、な」

「まったくやで」

それが判っているなら、どうして裏稼業の仁義に外れるような真似をしでかしたのか。目線でそのことを詰《なじ》ると、都浦は唇を噛んでまっすぐに俺を見た。「そんなん知ったことかい」とでも、いいたげに。

ある種の職業、たとえば俺のかつての生業や、美術品の贋作《がんさく》といった仕事において、その具体的な手法は指紋と同じ役割を果たすことがある。また、アジアの諸外国から出稼ぎにやってくる荒事好きの連中は別として、俺達には互いの流儀や手法を尊重するという、暗黙のルールがある。そして俺は、すでにその道から引退した人間だ。《千手》を使って仕事をすれば、

――当然、俺が疑われることを承知の上で！

そこまで考えたとき、都浦の眼の中に別の光が見えた気がした。

哀願。期待。誘惑、そしてまた哀願。

「商売の方はどうだね」

「ぼちぼち……いや、さっぱりやな。今時、飾り簪《かんざし》の注文なんか、あってなきがごとしやで。生活保護でも受けたいくらいや」

昔から、手先が器用なくせに段取りの悪い男だった。「盗むことよりも、逃げることを先に考えろ」と口を酸っぱくしていっても、そこのところを理解できないのが都浦という男なのだ。そのために何度かドジを踏み、やばいことになりかけたところに救いの手を差し伸べたのは俺だった。

「人間、お天道様の下で誰に後ろ指さされることもなく生きることが……」

「やめてんか、辛気《しんき》くさい話は。次郎ちゃんの口から聞きたないわ」

そりゃあ、そうだ。俺だってしたくてしているわけじゃない。

「なあ、元治さん」

「なあ、次郎ちゃん」

互いが同時に口を開き、同時に唇を引き結んだ。そこから発展する会話など、あるはずがなかった。瞬間的に踵を返し、俺は都浦の店を出た。逃げ出したのである。後ろから追いかけてくる言葉が耳に入らぬように、路地を小走りに駆け抜けた。

（四）

「面白くないな」

そう口にすると、吐き出された言葉は湯船の中で奇妙に反響し、気分を一層、滅入《めい》らせてくれた。

都浦の仕事場から逃げ出し、かといって大悲閣に帰るわけにもゆかず、北野白梅町《きたのはくばいちょう》線を途中下車して飛び込んだのは、妙心寺《みょうしんじ》近くの銭湯だった。

東京では銭湯が激減していると聞くが、京都市内には、今も大小の銭湯が点在している。町家ばかりでなく、ちょっと古い造りの一軒家だと、相当の広さでも内風呂がない家が、今も存在するからだ。中には町家造りの中にすっぽりと収まり、ちょっと見には銭湯らしからぬものもある。俺……と突っ張る必要も気力もなくなったから、もう僕でいいや。僕が飛び込んだのも、そうした地元にべったりと根ざした銭湯の一軒だった。

折原けいの意見に激しく同意するわけではないが、やはり冬の京都と銭湯はベストマッチの一つに数えて良いのではないだろうか。ことに気分が甚《はなは》だすぐれぬ時、開店直後の無人の銭湯ほどありがたいものはない。

湯船から出て、サウナルームに入った。砂時計を逆さにして、その細い砂の糸を凝視していると、先ほどの都浦とのやりとりが記憶に甦《よみがえ》った。

僕の目算ではこうだった。

今も京都府警は、遺体で発見された徳光とかいうやくざの持ち物から、《千手》が発見されたことを外部に発表してはいない。にもかかわらず、例の道具を製作した都浦の前に、その考案者である僕が姿を見せたのである。当然の事ながら、都浦は疑心暗鬼に駆られることだろう。動揺はそのまま行動に表れる。

「だいたい、やくざものがアレを使うこと自体、おかしな話だ」

汗が十分に出きったところで、サウナから冷水槽に飛び込んだ。全身の血管が一気に収縮し、脳内にまったく異なる世界が生まれる。そんな気がした。

同じ裏世界の住人とはいっても、そこにおける棲み分けははっきりとしている。イコール、やくざものが窃盗目的で《千手》を持っていたはずはないという解答が得られる。徳光という男は別の目的があって、どこかに忍び込もうとしていたのだ。しかも組織の一員である以上、単独行動は考えづらい。

「誰かの命令を受けてどこかに忍び込んだ徳光を何者かが殺害した」

さらには、遺体を嵐山に運んで放置したのである。

徳光を中心に、「何処で」「誰が」「何故」という言葉が錯綜している。その微かな糸口を握っているのが、都浦元治なのである。十分すぎる動揺を与えさえすれば、あの小心者が動き出すことは、火を見るよりも明らかだった。光苔《ひかりごけ》を踏んだことに気がつくことなく逃げまどう鼠《ねずみ》を、追跡するのは素人にだって可能だ。ましてや、僕の技能をもってすれば、である。

が、都浦が全く別の意図を持っていたとなると、話は別だ。生活に困ったあの男は、あろう事か《千手》を別の人間に作ってやることで、僕の現役復帰を促すつもりだったのである。警察はかつて関西一円を荒らし回った怪盗が、再び活動を始めたと判断するだろう。やがて僕の周囲に捜査の手が伸びたとき、「何年も前に引退したのです」などという言い訳が通じるはずもないし、最後の仕事の時効だって、まだ先の話だ。結局僕は大悲閣を去り、元の裏の世界に戻るしかなくなることだろう。

そんな意図が見え隠れする男の周囲など、危なっかしくて近づくことはできない。

背筋に震えが走ったのは、冷水のせいではなかった。

冷水槽から湯船に移動した。収縮した細胞が、穏やかに弛《ゆる》んでゆく。弛みきったところでまた冷水槽へ、そこからサウナに移動して、また冷水槽。湯船、冷水槽、サウナと繰り返すうちに、ついには脳細胞まで完全にふやけ始めたらしい。いつの間にか増えた客をぼんやりと見つめ、彼らの会話に耳を傾けていた。

「大変やったなあ、一カ月も横浜に出張やなんて」

「あんじょうかなわんで、ほんま。向こうの支社寮がひどい、ひどい。寮に風呂一つついてないやなんて。うちの会社、ほんまに大丈夫やろか」

「ええやないの。どうせこっちにおったかて、こうして」

「ま、銭湯が一番やけどな。せやけど、あっちはえぐいで。入浴料の他にサウナ料金まで取りよる」

「ほんまかいな」

「結局やな、銭湯使うたびに五百円玉が飛んでいきよる」

「えぐいなあ、そりゃ」

「ただ、ええこともあんねんで。向こうの銭湯はなんちゅうても広いのがよろし。サウナはどーん、湯船かてどーん、カランはズラ〜てなもんや」

「けど、そないに広い湯船作って、カランがズラ〜てなことが可能なんか」

「そこが関東の面白いとこや。湯船をナ、こっちみたいに風呂場の真ん中に作らへんねん。一番奥に作って、カランを余ったところに二列、三列と、やね」

「ははあ、関東の銭湯は皆広いとは聞いてたけど、なるほど、広さがあるからこそ、そないな造りがでけるんやな」

「そういうこっちゃ」

ふやけきった脳細胞に、真水が注入されるのを感じた。とびっきり冷たい、そう、たとえば大悲閣の境内に引いてある山清水のような、鋭利な冷たさを持つ冷水が、僕の脳細胞を潑《はっ》刺《らつ》と満たしていた。

——あんたはえらいよ、折原けい。

掛け値なしの褒め言葉を胸に浮かべながら、湯船を飛び出した。

大悲閣も寒いが、鴨川を望む河原町周辺も十分に寒い。コートのボタンを残らずかけ、それでも寒気が身に染みるのか、背筋を丸めて歩く人の流れに逆らうように、川辺を目指した。目指す場所の途中にある小さな流れが、森鷗外《もりおうがい》の小説で有名な高瀬川《たかせがわ》。ちなみに、大悲閣の中興の祖である角倉了以《すみのくらりょうい》こそ、この高瀬川の開削者《かいさくしゃ》でもある。

三条大橋の袂《たもと》で靴磨きの露天を出している親父を見つけると、その台の上に雪駄履きの足を載せた。

「冗談やったら、よそでおやり。年寄りからこうて、どないすんねん」

鴨川の川風に数十年鍛えられた濁声《だみごえ》が、抑揚もつけずにいう。それでも僕は雪駄を台から降ろすことなく、その代わりに、親父のポケットに万札を一枚忍び込ませた。すると千年都市京都のみが造り得る業の深い皺顔が、笑顔、たぶん笑顔だろうと推定される表情になった。

「なんや、次郎ちゃんやないか、お久しゅう。ほんまに久しいなあ」

「おっちゃんも元気そやないの」

「もうあかんで。年寄りにゃ鴨の川風がきっつうてならへん」

「ちっと聞きたいことがあんねん」

「おっ、ついに現役復帰か」

「そんなんちゃうて」

三条大橋の袂、時には四条大宮の駅前、西院《さいいん》の商店街と、転々と渡り歩くこの靴磨き屋の親父、京都の町の裏の事情通でもある。利用客は京都府警の捜査官のみならず、裏の世界の住人にも常連が多いというから、その強《したた》かさたるや並ではない。

「で、なにが知りたい」

「関東モンが、最近京都にも出没しているようや。連中、もしくは連中の舎弟企業で、大きめの再開発に食い込んでるのんがいたら、ちょこっと知りたいなあ、とね」

親父が黙って手を出した。

「久しぶりの利用や。サービスしたってや」

「あかん、情は情、ビジネスはビジネスや。しかも、そのネタは相当にヤバイ」

万札をあと二枚ポケットに入れてやると、道具箱から取りだした広告紙の裏に、なにやら鉛筆で走り書きして、寄越した。情報と対価の交換さえすめば、こんなにもけった糞の悪い老人の顔など、いっときでも見ていたくはない。立ち上がって歩き始める僕に「毎度、おおきに」という濁声がかけられたが、振り返ることはなかった。

紙に書かれているのは、関東のさる広域暴力団の名前と、その舎弟企業ともいえる京都の不動産会社。そして、「千本中立売《せんぼんなかだちうり》」という、三つの単語のみだった。

――大当たり。

暴力団名は、徳光が所属している組と完全に一致している。

――それにしても……。

単語三つで三万円である。あの強欲さは個人の資質によるものなのか、それとも京都の住人の遺伝子に組み込まれしものなのか。

――半々だな、きっと。

そう思って諦めることにした。

（五）

北野天満宮《きたのてんまんぐう》から歩いて五分ほど。千本通りと中立売通りが交差するあたりは、古くて気持ちの良い街並みが濃く残る一帯である。かつて時代小説をもっぱら書き続けた作家が、折に触れてこのあたりを歩き回ったという。別に京都を舞台にした作品ばかりを書いていたわけではない。江戸であれ、京都であれ、文章のそこここに時代色を漂わせるためには、こうした街並みを目に焼き付け、その空気を感じ取ることが必要だったのだそうだ。通りと商家、民家といった欠片《かけら》が、モザイクのように寄り添う街並みは決して江戸の昔そのものではないけれど、連綿と生き続けたものが確かに存在するだろう。

一方で、そうしたものになんの価値も認めない人種もまた確かに存在する。新たなる価値を生み出さないものは塵芥《ちりあくた》に等しく、そうしたものを殲滅《せんめつ》させることこそが経済効果だと信じて疑わない輩《やから》。

徳光とその一派は、そうした考えの持ち主だった。

目指す「不動湯《ふどうゆ》」は、すぐに見つかった。やはり町家造りに組み込まれた、地元住人のみが利用する、小さな銭湯である。男湯の暖簾《のれん》をくぐって間もなく、あたりの尋常ならざる様子に気がついた。すでに午後七時を回っているというのに、誰一人として客がいないのである。すでにプロ野球の中継が行われるシーズンではないし、銭湯から客を奪うほどの有名テレビ番組が、放映されているという噂も聞かない。

「なんや、あんたも怖いものみたさなんか。それやったら帰ってもらいまひょか！」

僕の背中をどやしつけるような罵声が、頭ごなしに投げつけられた。竹を割ったような性格というのは聞いたことがあるが、果たして竹を割ったような罵声という表現は正しいのだろうか。思わずそう考え、しかし、それ以外には表現のしようのない声の主を、仰ぎ見た。渋く着込んだ茶の着物は市松格子。五十過ぎに見えるが、二十年、いや十年前でも、十分に大人の色気を感じさせたであろうかつての美形が、眦《まなじり》を吊り上げてこちらを睨《にら》んでいる。

「いや……客です」

「せやったら入湯《にゆうとう》料は三百七十円」

小銭を支払い、「あの」と声を掛けると、

「世間でなにをいうてはるか知らんけど、うちはお天道様に顔向けでけんことは、なにひとつやってまへんのや。うちが残り湯を使い回してるやて？　ああ、アホらし。兄さん、どこでなにを聞きつけてきはったか、おおかたは見当もつきます。それやったら、あんさんの眼と肌で確かめていっておくれやす。この不動湯は正直一本の商売やと」

一気に捲《まく》したてられ、しかも番台に座る女将《おかみ》のいっていることがなにひとつ理解できずに、僕は服を脱ぎ、風呂場へと向かった。

どうもどこかで、歯車が狂っているようだ。あるいは、きっちりと嚙みあってはいるのだが、どこかに僕の知らない歯車がいくつか動いているのかもしれない。

我一人より人影もない湯船に浸かり、僕は周囲を見回した。

——ここ……か。

先ほど、暖簾をくぐる前に周囲を一回りして、決定的な証拠は摑《つか》んでいた。脱衣場の隅にあるトイレ、そのドアの横の小さなサッシ窓に、探し物はあった。

直径二ミリほどの小さな穴。ご丁寧に樹脂を詰めて、さらにわかりにくくしてあるが、僕が見紛《みまご》うはずのない痕跡である。そもそも、初動捜査を遅らせる目的で、樹脂を詰め込むことを考案したのも、僕なのだから。窃盗に限らず、すべての犯罪の成否は初動捜査にかかっているといっても過言ではない。ならば、それを遅らせるべく努力を怠らないのは、職業人として当然の義務ではないか。少なくとも、当時はそう考えていた。

この痕跡を見ただけで、寺町の都浦が、いかに懇切丁寧に僕の手口を伝授したかが見て取れる。我知らずのうちに「あのバカ野郎が」と、吐き出していた。

間違いなかった。関東からやってきた徳光は、ここから不動湯への侵入を試みたのだ。脱衣場への出口とは反対側に、小さなドアがある。釜焚き場と母屋への入り口であることは、建物の構造上間違いない。徳光はトイレの横から侵入し、

「風呂場を横切って母屋へと向かった……か」

たぶん、営業が終了してかなりの時間が経っていたのだろう。真っ暗な中を手探りで徳光は進む。あの夜の徳光の行動を、頭の中で再現しようとして、僕はかぶりを振った。

「いや、そんなことはあり得ない。深夜に侵入する計画ならば、小さなライトぐらい用意していないはずがないじゃないか」

湯船の縁のあたりをゆっくりと観察してみたが、すでになんの痕跡も残ってはいなかった。もちろん、それはあらかじめ承知のうえではあったが。

僕が立てた推理、とはいっても折原けいのサジェスチョンなしには思いいたらなかったであろうことが少々業腹だが、それに大きな疵《きず》があるとは思えなかった。

なおも周囲を観察していると、

「あんさん、この辺のお人ちゃいまんな」

えらく重厚な声が頭上から掛けられた。作業ズボンを膝まで捲り上げた、初老の男がそこに立っていた。どうやら、釜焚きの担当者らしい。

「へえ、友達のところへちょっと遊びに」

「湯加減、どないでっか」

「ちょうどええ塩梅《あんばい》です」

「そりゃ、よろし。もっと熱いのが好みやったら」

そういってごま塩頭の初老の男が、小さなドアを指さした。

「あそこから声ェかけたってください。すぐに熱いのんを流しまっさかい」

言葉とは裏腹に、男の表情には微かな怒りが見て取れる。先ほどの女将とまったく同様の反応に、僕は新たな疑問を抱いた。

風呂から上がり、ふてくされたようにテレビに見入る女将に五十円玉を放り投げて、番台下に置かれた冷蔵庫からメロンサイダーを取りだした。横の列のイチゴソーダにしようかとも思ったが、どうせ味に大差ないことはわかっている。違いは色と、申し訳程度につけられた香りのみだ。果たせるかな、チープ極まりない味のソーダを飲みながら、ふと番台の向こう側で、僕と同じようにソーダの瓶を口にしている女性客と眼が合った。

途端に口の中身を噴き出しそうになった。向こうは完全に噴き出している。

女将の新たな罵声を浴びているのは、折原けいその人であった。

「なんであんたがこんな所にいるのよ」

僕が口にしようとした言葉をそっくりそのままトレースして、折原けいが詰問口調でいった。

「そちらこそ」

「わっ、わたしは……その、つまりは仕事の一環よ」

「京都の銭湯でも特集で組むつもりなんかあ」

「そうじゃないけれど」

屋台の親父に熱燗のおかわりをしながら、折原が奇妙な戸惑いをみせた。

逃げるように不動湯を出て、二人が辿り着いたのは、お約束のおでんの屋台だった。折原はご丁寧にマフラーまで巻いている。

「おっちゃん、僕は飛竜頭《がんもどき》と白滝ね」

「それよりもアリマジロウはどうして、こんなところにいるの」

「偶然や、偶然」

「嘘ばっかり、調子のいいことといって」

「なにがいいたいの、奥歯に物の挟まったような言い方はやめてんか」

「だからさあ、アリマジロウって、見かけに寄らず好奇心が旺盛でしょう。例の嵐山で発見された遺体と、あの銭湯に繋《つな》がりがあると考えたんじゃないの」

「根拠は？」

そういうと、折原けいは鼻の穴を膨らませながら、バッグから一枚のビラを取りだした。

「こんなものが最近、不動湯の周辺にばらまかれたんだって」

そこには、

『不衛生極まりない銭湯を、糾弾せよ』

と、大きな朱文字で書かれている。その横に、不動湯を名指ししながら、彼《か》の銭湯が前の日の残り湯を捨てることなく、幾日も焚き直しをして使用している。いかに銭湯の水道代が莫大なものであっても、市民に湯屋を提供するものとしてあるまじき行為ではないか、などとエキセントリックな文章が連ねられている。

「どうして、これが例の遺体と繋がるの」

「それがさあ、さる情報屋さんから聞いた話なんだけどね」

少しだけ、厭《いや》な予感がしたが、黙って話を聞くことにした。

「あの辺り一帯、関東系の怪しい連中が、動き回っているんだって。なんでも町家を取り壊して大きなマンションに建て替えるって話よ」

「ほお。それで」

「このビラは明らかに嫌がらせ。だってそうでしょう、町家造りの民家にとって銭湯は生命線の一つだもの。逆説的に考えると、周囲の住民が通う銭湯を潰してしまえば、家屋立ち退きの交渉を有利に運ぶことができる」

折原けいという女性記者は時として、こうした鋭い考察を見せることがある。ただし好奇心が強すぎて、それが為に自身に危機を招きかねないという、普遍の事実に気づかないことが大きな欠点でもあるのだが。

「そこで、例の死体よ。あれは関東系のやくざものだったのでしょう。条件がぴったりと合いすぎないかしら」

そう。まさしくぴったりと合っている。

徳光は深夜に不動湯に忍び込み、女将に相当の危害を加えるか、場合によっては彼女の命までも頂くつもりではなかったろうか。だが、彼は致命的なミスを犯した。なぜだか判らないが、深夜の銭湯に忍び込むのに、小さなライト一つも用意していなかったのだ。真っ暗がりを手探りで進む、徳光。関東の人間である彼は、京都の銭湯の湯船が中央にあることを知らなかった。

彼が三十センチほどの高さの湯船の縁に足を引っかけてしまったことは、容易に想像できる。そしてその先には、とっさに手で防御しても届きそうにない、あるいは想像以上に深い湯船の底が待っていたのである。

――一瞬の悲劇、というよりは仏罰とでもいうべきか。

謎はまだ完全には解明されてはいない。しかし、折原けいの好奇心がより危険な水域に達する前に、なんらかの行動を起こさねばならない。その必要性を感じつつ、

「ところでね、折原君。素人が好奇心半分に聞いてみたいだけなんやが。さっきいうてた情報屋って」

「いやだ、わたしだってマスコミ人の端くれだモン。情報屋だって使うわよ。ここだけの話だけどね、三条大橋の袂に靴磨きのおじいさんがいるのよ。これがものすごい情報通。どんな情報でも五千円で流してくれるの、重宝しているわあ」

——あのクソ爺《じじい》！

意識の別のところで、僕は奴への報復手段を考えていた。

（六）

「すっかり師走だねえ」

折原けいと碇屋警部が、同時にいった。師も走ると書いて師走と読む。にもかかわらず、相変わらず貧乏全開の大悲閣と、暇を持てあましているとしか思えない二人の男女。どう見ても幸福とか繁栄に結びつくとは思えない構図を横目に、僕は竹箒《たけぼうき》で境内の掃除に励んでいた。

「警部、で、例の一件はどうなったの」

「ちゃんと進展していますよ、着々と真実に向かって邁進しています」

「どんなふうに」

「つまりは、関東勢力である暴力団が、企業舎弟を使って千本中立売の町家を取り壊そうとしていたという事実。そのために数々の非合法な行為を行っていたという事実。さらには奴らのその他諸々の悪行が、今しも白日の下に晒《さら》されようとしている」

——よくいうよ。

僕は竹箒を使いながら、苦笑した。

詰まるところ、事件は急転直下解決の方向に向かいつつあるということだ。それはそうだろう。ある日のこと、京都府警の捜査課長宛に、膨大な資料が送られてきたのだから。徳光が所属していた広域指定暴力団の裏情報満載。碇屋警部がいうところの「その他諸々の悪行の数々」が記された、第一級品の資料である。おかげで府警は、関係者を大量に逮捕することができた。

本来なら、舎弟企業の金庫の奥深くに眠っていなければならないそれらの書類が、何故府警に送りつけられたのか。

「たぶん、内部抗争だろうねえ。親分子分、義兄弟の熱い契りなんてものは、広島抗争からこっち、絶滅寸前の朱鷺《とき》のようなものだし」

「はあ、身内の裏切りかあ。なんだか釈然としないなあ。ところで、徳光とかいうやくざの一件は？」

途端に、碇屋警部の言葉が歯切れを失った。

「あれねえ……十中八九は内部抗争だと思うのだが」

「もしかしたら、すべてをそれで片づけようとしていませんか」

「失礼な！」

「だって彼は、かつて関西一円を荒らし回った怪盗である可能性があるのでしょう」

「確かに、奴が使用していた道具と、同じものを所持していた」

「ということは？」

「すべては可能性の領域にすぎないということ」

「絶対に府警の怠慢だと思うな。うちの紙面で取り上げてやろうかしら」

その時、庫裡の奥から「まあ、あんまり碇屋はんを虐《いじ》めんとき」と、住職が姿を現した。

すでに丹前の必要もないほどにまで回復した住職が、境内に降り立ち、ぐっと背伸びをした。

途端にぐっと息を止めて、胸のあたりを押さえた。

「大丈夫ですか」

と折原が駆け寄る。それを手で制して、

「もうええやないの。彼はかつて人様のものに手を付ける大罪を犯した。その罰が今になって下ったということで」

余人ならばいざ知らず、住職が口にすると、すべては真実に思えてしまうから不思議である。それが証拠に碇屋警部など、

「きっとそうでしょうなあ。いや、そうに違いない。あとは連中を締め上げて、起訴に持ち込めば一件落着でしょう」

「ということは、やはり犯人は組関係者ということかあ」

釈然としない口調で折原けいがいったが、それ以上会話に進展はなかった。

二人が帰ったあと。

客殿を片づけていると、背後から住職が、「ご苦労さんやったね」と声を掛けてくれた。

「いえ、結局よく判らない事件でした」

「あの徳光さんとやらは、事故やったんやろ」

「それは間違いないと思います。不動湯に忍び込もうとして、誤って湯船に転落してしまったのでしょう」

「関東と京都では、湯船の配置が違う、か。思いもよらんことやなあ」

舎弟企業の事務所に密かに忍び込み、関係書類をすべて盗み出して府警に送りつけた顚末《てんまつ》については、すべて住職に話してあった。他に処方箋を思いつかなかったのだ。あのまま折原けいが深みにはまり、その身を危険に晒さぬようにするための、ただ一つの方法であった

と、今も思っている。しかし、盗みが大罪であることには変わりがない。

すべてを承知したうえで、住職が「ご苦労」といってくれたことが、何よりも嬉しかったのである。

しかし、疑問はまだ数多く残されている。

「なんやら、腑に落ちん様子やね」

「徳光がどうしてライトを持ち込まなかったのかは、判ったんです」

「ほお、それはなにゆえ」

「事件のあった夜、不動湯はボイラーの調整のために早く店を閉めています。それは前々から脱衣場に通達書きが貼られていたそうです」

徳光の計画では、きっと銭湯の営業が終わり、女将が後片づけをしているところを襲うつもりではなかったのか。釜焚きの男がいるとはいっても、所詮は暴力のプロの敵ではない。二人まとめて、という算段もあったかもしれない。

「なるほど、ところが予定外に早く不動湯が閉まったがために」

「はい、あんな仕儀となってしまったんやと」

「ほかには？」

「……二つあります」

どうして女将は事件直後に警察に通報しなかったのか。それだけではない。遺体をわざわざ移動させる必要性が、彼女にはないのである。非は一方的に徳光にある。彼女は瑕疵《かし》一つない被害者なのだ。遺体が発見されたとなれば、多少は客足に影響が出るかもしれない。だからといって、死体遺棄の罪のリスクを背負う理由にはならないのではないか。

「もう一つの疑問も聞かせてもらえるやろか」

「例のデマを書き散らしたビラです」

「ああ、不動湯は残り湯を使い回しているという」

「あの出所《でどこ》が判明しないのですよ」

連中の事務所に、それらしい痕跡はなかった。もちろん、ああしたビラの原本をいつまでも処理せずに持っているほど連中は愚かではない。だが、疑問の根本はもっと違うところにある。

「というと」

「出回った時期なんです。周囲を聞いて回ったのですが、どうやら徳光が不慮の事故……そのために死んだ日よりも、あとから出回っているのです」

「そいつは、正確な情報やろか」

「たぶん、間違いないと思います」

連中のやり方としては、順番が逆ではないのか。その点が納得できないのである。悪質なデマを流す行為は違法ではあるが、荒事というほどのものではない。普通はデマを流し、それでも屈しない相手に対して荒事を仕掛けるのが連中の常套手段である。

住職が口元をへの字に結び、しばらく考えた後に、庫裡の奥へと引っ込んだ。すぐに戻ってきたその手には、新聞の束が握られていた。

「ずっと寝床で過ごしておるとね、暇なもんやからつい雑誌や新聞に手が伸びてしまう。まだまだ修行が足りん証拠やけど」

徳光が死んだと思われる直前の新聞、数日分を住職は指さした。

「碇屋はんもいうてはったやろ。例の事件が起きた直前は、凶悪な事件が立て続けに起こってたてんてこ舞いやったと」

「はあ」

どうも、住職のいわんとするところが理解できなかった。

「こないなことを、今考えてみたんや。もしかしたら、あのビラは不動湯の女将自らが撒いたもんちゃうやろか」

「どうしてそんなことを！」

「風呂の残り湯を使い回している、そんな話をわたしはついぞ聞いたことがない」

「僕もです」

「けれど、それがデマやのうて真実やったら、そこから別の事実が現れてくるやないか」

どうやら住職の推論は、僕の理解の領域を遥かに超えたところにあるらしい。こうなったら静かに聞き入る他はなかった。

「営業が終わっても湯が抜かれることのない湯船を想像してごらん」

「ああっ！」

「判ったかな」

「湯が張ったままの湯船。そこに転落したところで、徳光が死ぬはずがない」

「そのとおり。さんざんな悪評は立つかもしれん。その代わりに、徳光某が、不動湯で死んだという事実だけは隠し通すことができる」

一方でデマをわざと流し、それをすんなり肯定しては怪しまれる恐れがあるから、自らは否定しつつ、陰でさらにデマを流す。

「ちょっと待ってください。どうしてそんなことをしなければならないのです。下手をすれば不動湯は潰れてしまうかもしれないのに」

「そうしたリスクを冒してなお、彼らには払拭しておかねばならない大きなリスクが存在したのではないやろか」

「……もっと大きなリスク」

「そのことが、遺体を移動させた理由になっておるとしたら」

ようやく僕は、住職の思考を読みとろうとしていた。痼の強そうな不動湯の女将と、その忠実なるしもべである釜焚き男の顔が、脳裏に浮かんだ。

「彼らは、適正な時刻に遺体を発見することができなかったんだ」

深夜に事故死した徳光の死体は、どれほど遅くとも午前中には発見されていなければならない。店舗と住居が同一住所にあるかぎり、いつまでも遺体に気がつかないということはあり得ないからだ。

住職が手にした新聞の意味がようやく判った。

徳光の事件の直前に、立て続けに発生した凶悪事件。そのいずれかに二人は関与していたのではないか。

「あるいは……あの夜ボイラーの調整を理由に早く銭湯を閉めたのは、前の晩から現場に赴《おもむ》く必要があったのやもしれん」

「つまりは、犯行の前後にそれなりの工作が必要な犯罪ですか」

犯行を終え、銭湯の開店準備がぎりぎり間に合う時刻に戻ってきた二人は、そこで初めて徳光の死体を発見してしまう。今さら警察に通報したのでは怪しまれることを恐れ、その場は遺体を隠して、翌日に嵐山に運んだのである。

「……住職」

「なにもいわんでよろし。すべては、わたしが寝床の中で考えた妄想や」

「けれど、このままでは彼らの犯罪が闇に葬られてしまいます」

「そんなことはない。そんなことは断じてないよ、有馬君。罪を犯せしもんちゅうのは、安息からもっとも遠いところに我が身をおかねばならん。不動湯の女将かて、同じ事や」

それに、と住職は、京都府警の碇屋はんもさほど無能であるはずもないし、と付け加えたが、これにはどうにも納得がいかない。

——ま、いいか。

いざとなったら、あの二人を密かに告発する手だてはいくつもある。

そうそう、例の情報屋にも釘を刺しておかねばならない。

それから寺町の都浦のバカ野郎にも。

東山三十六峯《ひがしやまさんじゅうろっぽう》に沈む夕日を見ながら、僕は静かに客殿を離れた。

異教徒の晩餐
裏京都ミステリー

（一）

丼に残る最後の出し汁を、うっすらと浮かぶ鴨の脂《あぶら》とともに飲み干すと我知らずのうちに深い溜息を吐いていた。

――うっ、うまいな。しみじみとうまい。

生粋の京都人ならば冬の味覚といえば熱々の鰊蕎麦《にしんそば》に決めを打つところであろうが、あいにくの異《い》・京都人《きょうとじん》、しかも少年時代を坂東《ばんどう》の水に慣れ親しんだ僕としては、やはり蕎麦は関東風に限る。それも脂の乗りきった鴨の胸肉と京葱をごま油で照りつけ、濃いめの出し汁を注いだ《鴨なんば》こそは、貧乏山寺の寺男に許される至高の贅沢と信じて疑わない。名ばかりの三寒四温、いまだに真冬の候としかいいようのない京都に住まう身ならば、なおさらのことだ。

「あんなあ、次郎ちゃん」

カウンター越しに店の大将が、あきれたように声を掛けてきた。

「あんじょう、おいしかったわ。やっぱ大将の作る鴨なんばは最高やね」

「そら……褒めてくれるンは嬉しいんやけど」

「うちのご住職は一年三百六十五日精進料理でも平気らしいけど、僕はあかん。かなわんで、今朝かて茶粥《ちゃがゆ》に香の物一品だけやもの。たまにはこうして脂ものを身体に入れんと、身ィがもたんて」

「あんなあ、次郎ちゃん。うちはその、ナ」

北野白梅町《きたのはくばいちょう》から歩いてほどない住宅地の一角に「寿司割烹《かっぽう》・十兵衛《じゅうべえ》」の暖簾を掲げる大将が、憤懣《ふんまん》やるかたないといった表情で、同じ言葉を繰り返した。彼の言い分がわからぬではないが、敢えてとぼけることにした。たった今食したばかりの関東風の鴨なんばは、店の正式なメニューではない。大将が気が向いたときにだけ自ら蕎麦を打ち、常連の客にのみ供される限定裏メニューなのである。いわばサービス商品だからこそ、

「ご馳走さん。身体が温まったわ」

僕は五百円一枚を財布からとりだし、カウンターに置いた。

この値段で出すことができるのである。

「たまには他のものも食べてもらわんと、うちは大損や。ネタケースの中のもん、見てんか。今日は寒鰤《かんぶり》のええのん入ってるし、こっぺ蟹かて食べ頃やで」

「なにをいうてんの。僕はこれでも禅寺に奉職する身やで。生臭もんを口にするわけにはいかん」

「鴨は生臭もん、ちゃうの」

「それは、気分の問題」

「アホクサ！　えらい身勝手なことやな」

「禅問答ちゅうのは、そういうもんやで」

こうしたやりとりは今に始まったことではない。いわば日常的お約束とでもいうべき会話で、大将もこれ以上の無理強いはせぬし、僕もさして気にしない。席を立とうとしたその時、

「やっぱり、ここだあ。アリマ〜ジロウ！」

自ら元気以外に取り柄はないと宣言するかのような、能天気な声が店内に飛び込んできた。僕の隣に腰を下ろすなり、

「おじさん、寒鰤のいいところを切ってちょうだい、それにこっぺ蟹、ええっとウニももらおうかな」

傍若無人ともいえる注文の主こそは、自らを「大悲閣千光寺の守護神」といって憚《はばか》らない、要するに怖いものしらずを地でゆく折原けいである。至極当然のように「すべてけだものアルマジロのつけで」と言い置くあたり、こいつの性格が滲《にじ》んでいる。切実にそう思う。

「悪い冗談はやめてんか。京都屈指の貧乏寺やで、大悲閣は。そこの寺男にそないな贅沢が……って大将！　刺身を切ったらあかんて、蟹の甲羅をはずしたらあかんいうてるやないの」

当方の必死の叫びにもかかわらず、大将の握りしめた包丁は流麗ともいうべき動きでまな板の上を輪舞し、菜箸はまな板皿に箱庭さながらの風景を作り上げてゆく。

「冗談よ。天下のみやこ新聞エース記者が、人様にたかるわけがないじゃない」

ましてや貧乏寺男の財布なんか当てにするもんですかと、またしてもいわずもがなの一言を付け加えて、折原けいは完成したまな板皿を受け取った。

「んー、この寒鰤の照りの良さったら、ああ、ウニが粒だってる！」

さっそく鰤の切り身を口に入れるや、憎たらしいほどの至福の表情が折原の顔に広がった。

こうなったら当方もご相伴に与《あずか》る以外ないと、箸を伸ばしたところへ、

「次郎ちゃん、あんたお寺に奉職する身として生臭ものは口に入れンと、さっきいうてたやないか」

大将のあきれかえった声が掛かったが、当然の事ながら耳の後ろに聞き流すことにした。

嵐山の渡月橋からさらに大堰川《おおいがわ》～保津川沿いの山道を歩くこと二十分。人里離れたという言葉がかくも正確に聞こえる場所を他に知らない辺境の地に、大悲閣千光寺はある。高瀬川開削で知られる角倉了以を中興の祖とし、かの芭蕉《ばしょう》翁もこの地を訪れて一句詠《よ》んだ――その句碑が今もある――とされるれっきとした名刹《めいさつ》だが、今はその面影は何処にもない。生粋の京都人でさえも、その存在を知る人は少ないと陰口を叩かれる、いや、陰口さえ叩かれない由緒正しき貧乏寺である。詰まるところ、縁あってそこの寺男を務める僕の懐が豊かであるはずがない。

「もの持てる者が、持たぬ者に喜捨《きしゃ》する。これ乃《すなわ》ち仏縁なり」

改めて箸を手にしたまま合掌したのち、僕はウニの一片をつまみ上げた。舌先に海のヨードをたっぷりと含んだ甘みが広がるや、その場は一瞬にして法悦境と化した。

――なんという、うまさや。

何年ぶりかに味わう海の恵み、その余りの見事さにいつの間にかテーブルに燗酒の徳利が置かれたことにも気づかないほどだった。

「これは？」

「わたしの奢《おご》りよ。おいしい肴に般若湯《はんにゃとう》は欠かせないでしょう」

折原がそういって、猪口《ちょこ》に酒を注いだ。

「そりゃまた、気の利いた……気が利きすぎて気持ちが悪い」

「いやならいいのよ、いやなら」

「失言やった。ありがたく頂戴いたします」

猪口の中身をくいと飲み干し、折原の気が変わらぬうちにと手酌でふたたび猪口を満たす我が身が少なからず不憫《ふびん》に思えたが、まあ仕方がない。

「それにしても、ようここが判ったね」

「みやこ新聞の情報網を舐めちゃ困る……といいたいところだけど、実はご住職に聞いたの。そしたらたぶんここだって」

口に含んだ燗酒を、思わず噴き出しそうになった。

「なんで？　ご住職がこの店を知ってはるン」

「あのねえアルマジロ君」

「有馬次郎や」

「あなたはご住職と何年向き合っているの。あの人に隠し事なんてできるわけないじゃない」

「うっ⁉」

　息を詰まらせ、確かにそりゃそうだと納得しながら、僕は別のことを考えていた。

　折原けいが僕の所在を探し求め、なおかつウニのつまみ食いを許したばかりか熱燗まで提供した。その事実の持つ重みについて、である。もっと露骨に表現するならば、厭な予感が背筋をゆっくりと、ゆっくりと大名行列のように過ぎてゆくのを感じたといってよい。思わず上目遣いに折原を見るのと、その視線の先から「とっころでねえ、ア〜ルマジロ〜」という猫なで声が返ってくるのがほぼ同時。先ほどの予感が実感に切り替わった瞬間でもあった。

「人になにをさせるつもりやのん」

「大悲閣も桜の季節までは暇なことだし」

「余計なお世話や」

　暇なのはいつものことだとまではさすがに口にしなかったが、僕の口調には相当に棘《とげ》があったはずだ。無論、敵がそのようなことを毛ほども気にするはずがないことも、十分承知の上であったが。

「人手が足りないのよ。アルバイトしよう！」

「君なあ、前のことをもう忘れたんか」

「なんか、ありましたっけえ」

「とぼけたらあかん」

ひと月ばかり前のことだ。いつものことながら暇をかこつ当山にやってきて、同じ口調、同じ提案をしたのは他ならぬ折原だった。「どうせ暇やから、お手伝いしてあげたら」という住職の言葉に素直に従った、僕も愚かだった。

ある運送会社に潜り込んで十日ほどアルバイトをして欲しい、そこでおかしなことがないか探って欲しいという、折原の言葉に従ったのだが……。

「あの運送会社、盗難品専門の故買屋《こばいや》やないか」

「だから君に頼んだんじゃない」

折原の言葉に、僕はもう一度酒を吹きこぼしそうになった。

——まさかこいつ……僕の昔の稼業に気がついて。

「なによ、おかしな目つきなんかしちゃって。だいたいねえ、故買屋なんて危険な場所に、うら若き乙女が潜り込めるわけないじゃないの。ましてや表向きは運送会社なんだから」

「なるほど……ね」

折原らしいと僕は納得し、別の意味で安堵した。

彼女にいわれたとおり、面接を受けて潜り込んだ運送会社は、裏で盗品の頒布《はんぷ》ルートを確保する故買屋だった。それを知ったときの驚きといったら、ない。一歩ダークサイドに足を踏み入れると、見知った顔ぶれが出てくる、出てくる。それはかつての同業者であり、商売敵たちだった。僕が大悲閣の世話になる以前、関西広域を荒らし回った窃盗犯であった頃の悪しき記憶を呼び覚ますだけの、二度とは会いたくない連中。

が、幸いなことに、連中は僕には気づかなかったようだ。裏の稼業に従事していた当時、盗品の処分に際して別の人間を立てていたのが良かったらしい。それでもアルバイトの十日間は、冷や汗の連続であったことに変わりはない。

おまけに、だ。

「あれ、折原やろ」

「はい？　なーんのことかしらん」

「とぼけたらあかん」

アルバイト四日目のことだ。事務所に到着するなり僕は上層部の、ということは故買屋の中核に当たる連中の異様な空気に気がついた。京都府警による内偵が進んでいる、との噂がどこからかもたらされたのである。疑心暗鬼の眼が、当方に向けられたことはいうまでもない。

「ほんま、無茶苦茶しよんな。下手うったら命のやりとりになるところや」

「大丈夫よ、けだものアルマジロは、逃げ足だけは良さそうだし」

「そないな問題、ちゃうやろ」

すぐに大悲閣に身元の確認が行われ、住職のお墨付きによって事なきを得たから良かったものの、荒事になっても不思議ない事態であった。

「結果、連中があわてふためいたおかげで、盗品の隠蔽《いんぺい》場所をスクープすることができたんだもの。その後京都府警の手入れが入って、連中は一網打尽。本当にアルマジロには感謝してるのよ」

「せやから、論点がずれてるいうてんのんが、わからんか?」

「あら、そうかしら」

要するに、折原が求めたのは潜入取材などではなかったということだ。

「人のことを、勝手にスケープゴートにしてからに」

「いいじゃないの。世間様のお役に立てたんだもの」

「それで三途《さんず》の川の渡し賃払うことになったら、どないするん」

「我がみやこ新聞で、大々的に取り上げたげる」

「ほっとけ」

徳利の中身が空になったところへ、実にタイミング良くおかわりがやってきた。これに手を付けてしまえば、折原の思うつぼだと知りつつ、僕は徳利に手を伸ばした。

「で、今度はなにをやらすつもりや」

折原は、バッグから一枚の写真を取りだした。

キャビネサイズの画面に写っているのは和服姿の男で、すでに老人といってよい風貌であるにもかかわらず、その黒々とした髪が、奇妙な印象を与えている。

「この人、知ってる？」

「乾泰山《いぬいたいざん》……か」

「そう、現代日本を代表する版画家」

「だった、やろう」

嵐山の奥の奥、拝観客さえ疎《まば》らな山寺にあっても、新聞くらいは読んでいるし、テレビだってある。左京区《さきょうく》修学院《しゅがくいん》離宮《りきゅう》近くに居を構える乾泰山が、自宅の工房で刺殺死体となって発見されたのは、確か三日前のことだ。

「第一発見者は、泰山の奥さん。その日は朝から能の見学に出かけていて、帰宅したところで彼の遺体を発見したと、警察には証言しているわ」

「物騒な世の中やね。芸術家が自宅で惨殺やて」

「ところがね、奇妙なことがあるのよ」

「人ッ殺し以上に奇妙なことかな」

「遺体のまわりにね、馬連《ばれん》が散らばっていたって」

「馬連て、あれやろ。版画の制作に使う」

馬連は和紙を重ねて作った紙皿の窪みに心材をあてはめ、竹皮で包んだ代物である。版木に印肉を乗せ、刷り紙をあてた上から擦り付けることで、印肉を均一にならす道具だ。

「別に不思議ないやン。泰山氏は工房で発見されたそうやし」

「ところが、さにあらず。馬連を包む竹皮が、すべて切り開かれていたというから、これぞ摩訶不思議」

「なんや、そら」

「……つまりね」

口を開こうとした折原の手から、写真を取り上げたのは店の大将であった。「この人、確か」と呟くなり、カウンターの向こうでお地蔵様と化してしまった。

「どないしたん」と問いかけても、彼にかかった呪縛は容易には解けそうにない。やがて、

「鯖棒《さばぼう》のお人やで、確かにそうや」

そういった彼の口から、意外な事実が語られ始めた。

（二）

「ごめんください。お電話を差し上げました東京の南雲堂《なぐもどう》のものですが」

約束の時間きっかりに乾邸を訪れた僕は、インターホンに丁寧な標準語でそう告げた。

事件からすでに二週間。警察の現場での初動捜査も終わり、周囲が落ち着きを取り戻したことを見越した上での訪問である。間もなく奥の間から、黄八丈《きはちじょう》を一分《いちぶ》の隙もなく着こなした女性が姿を現した。俗にいうところの柳腰。長い黒髪を襟足に巻き上げ、京縮《きょうちぢみ》の髪飾りでまとめた姿に清楚な色香が滲んでいる。

「奥様ですね」

「はい、泰山の家内で佐枝《さえ》ともうします」

「南雲堂の南雲秀一《しゅういち》です」

そういって彼女に手渡したのは、折原が社のコンピュータで即席に作ってくれた、名刺である。もちろん住所はでたらめだが、電話番号だけはみやこ新聞東京支社のさる部署につながるようになっている。

『まさかとは思うけど、万が一身分照会を受けたときの用心のためにね』

このての段取り——悪知恵ともいう——だけは、非常に気がつくタイプなのである。

「先生のご不幸をニュースで知りまして、取るものもとりあえず参上いたしました」

「あの、失礼ですが南雲堂さんは主人とは」

「ある人のご紹介を頂きまして、先生の御作を夏ぐらいから取り扱うことになっておりました」

「そうでしたか」

司法解剖の後、自宅に戻った泰山の遺体がすでに荼毘《だび》にふされていることも、折原から情報を得ている。

「せめてご焼香を」という一言で、僕はごく自然に邸内に入り込むことができた。そして、遺影と白包みの木箱を前にして形ばかりの焼香をすませると同時に、意識のモードを切り替えたのである。

窃盗の数ある手口のひとつに、訪問販売を装う方法がある。化粧品、不動産、ゴルフ会員権の勧誘、扱う品物はなんでも良い。とにかく玄関から内側に入りさえすれば目的は半ば達成されたも同然だ。販売の口上を聞かせながら、その実窃盗犯は接客相手から、ほとんどの場合は主婦だが、様々な情報を聞き出している。家族構成、配偶者の職業、年収、取引先銀行、生年月日、部屋の造り、調度品。話し上手、聞き上手の二つの才能を駆使して、窃盗犯は後日に必要な情報を可能な限り収集するのである。

かつての僕は、特殊能力ともいえる身の軽さ、足まわりの良さを十二分に発揮するタイプの職人（?）であったが、こうした手法を知らないわけではない。いや、何度かは実際に試したこともある。かくして訪問後数時間のうちに、僕は佐枝の口から事件に関する情報を聞き出していた。

事件当日、タクシーで午後八時過ぎに帰宅した夫人が、その直後に乾泰山の死体を発見したこと。思わず上げてしまった悲鳴を聞きつけ、駆けつけた隣人が、すぐに警察に電話連絡をしてくれたこと。あとはもう事件という奔流に放り投げられたようなもので、訳の分からぬうちに日々が過ぎていったこと。

「これがすべてなんです」

　と溜息を吐く夫人に労《いたわ》りの言葉を掛けることで、僕は折原から与えられた使命のおおかたを片づけた気になっていた。

　――ただし……。

　それらは佐枝が口にすることのできる情報のすべてという意味であって、真の意味で厳密であるかどうかは甚だ疑わしい。

「恐ろしいことですね」といいながら、僕は乾佐枝をじっと見た。

　古風すぎる富士額とその下に静かに見開かれた双眸《そうぼう》。控えめに事件のことを話す彼女の唇には、明らかに嘘の匂いがした。裏の世界で長きにわたり生活したもののみが嗅ぎ分けることのできる、甘い腐臭である。それを確かめるために、手持ちの札を一枚、切ってみることにした。

「そういえば、面白くない噂話を耳にしました」

僕の言葉に、佐枝夫人が微かに反応を示した。

「主人について、でしょうか」

「先生の御作について」

「というと？」

「ここ一年ばかりになりますが、どうやら先生の贋作が裏の市場に出回っているとか」

「そんなこと！」

「本当なのですよ」

版画とはいえ、一ミリ間隔に三本の線を彫り込むともいわれる乾泰山の作風は、一枚の版木から刷り出される作品の数を著《いちじる》しく限定する。事実、彼の作品には落款《らっかん》とともにシリアルナンバーが入れられ、一作品につき二百枚以上刷られたことはなかった。

「ところが、それ以上の作品が、市場に出回っているのですよ」

「……………」

しかも裏の市場に、と教えてくれたのはやはり折原である。その出来は驚くほど精密で、素人目にはとても見分けがつかないという。今はまださほど公になっておらず、ごく一部の人間が知りうる情報に過ぎないが、

「もしも騒ぎが大きくなれば、先生の御作の評価にも影響が」

夫人の左眉が、ほんの数ミリ吊り上がった。そんな表情の変化でさえも「美しい」と評価されるに違いない、この年の離れた女房を、乾泰山はどのような眼で日々見ていたのだろうか。下司《げす》の勘ぐりといわれようが構わない、そうした思いを人に抱かせる、危うげな空気を乾佐枝はまとっている。

「あの人の作品の価値が下がると？」

「私どもの世界は、微妙な塩梅で動いておりますから」

その時だった。次の間《ま》から「口車に乗ったらあきまへんで、奥さん」と、甲高《かんだか》い男の声が飛び込んできた。

「この手合いはね、そないなことというて、商品を買いたたこうとするんですわ」

薄くなった頭部にびっしりと汗を浮かべ、それをハンカチでしきりに拭《ぬぐ》いながら鼠色のスーツを着込んだ巨漢が現れた。「あら、下中《しもなか》さん、もうよろしいの」という夫人に、

「へえ、今日のところはこれくらいで」

あからさまな下心を滲ませるように、図々しくも彼女の真横に座り込んだ男が、名刺を差しだした。

『寺町・湖心庵《こしんあん》　下中義三郎《ぎさぶろう》』

と書かれた名刺の文字を追うよりも早く、

「古本屋ですわ。というても古書物、文献が専門でッけど」

男がいった。

「下中さん……ですか」

「へえ。ところで、御名刺いただけますか」

下中の作り物めいた笑顔の奥にある感情が、猜疑心であることは間違いなかった。かといってここで躊躇《ためら》いを見せては、余計に疑われる。

僕が名刺を差しだすと「ほお、新橋四丁目いうたら」と一瞬考える素振りを見せて、

「料亭＊＊のお近くでんなあ」

恐ろしく露骨な引っかけを下中は寄越した。

「さあ、あのあたりは大小の店が入り交じっておりますから」

「けど、有名なお店でっせ」

「商売そのものが小さいのですよ。店を開いてまだ日も浅いことですし。とてもではありませんが、有名料亭を商談に使うことなどできません」

「ま、そないなこともありますやろか」

この程度の腹芸はまだ序盤戦だ、とでもいいたげに下中は名刺を内ポケットにしまった。おおかたあとで身分の照会をするつもりだろう。僕は心密かに、折原けいの段取りの良さに感謝した。

「ところで下中さんは、どうして？」

そう問うと、

「なんや、泰山先生が古文書《こもんじょ》の蒐《しゅう》集家《しゅうか》やいうこと、知らはりませんの」

仰々しく目を見開き、吐き出すように下中がいった。

「勉強不足で」

「まあ、古文書だけやないですけどね」

その言葉を受け継いで、夫人がいった。

「主人は乱読家でした。小説でも資料でも、気に入ったものはすぐに取り寄せて読んでおりましたから、相当な量がいつの間にか溜まってしまって」

「はあ、それで先生のコレクションを」

「正直言って、わたくしには価値は判りません。決して広い家ではありませんし、書物の類《たぐい》は管理も大変で……処分に困っているところに、以前から出入りのあった下中さんから申し出があったのですよ」

その言葉が終わらないうちに、「ところで、奥さん」と下中が強引に割り込んできた。

——この男、我々の会話の邪魔をした？

「先生のご遺体の傍に、馬連があったそうですが」

下中の言葉に、夫人ははっきりとした反応を示した。困惑と怯えが見え隠れする声で、

「ええ、その、竹皮を切り開かれた状態で」

「なんでまた、そないなことが」

「わたしには判りません。主人の仕事そのものにも、あまり」

「もしかしたら泰山先生、馬連の中になにかを隠してはったとか」

「あの……その件に関しては、警察が何も話すなと」

「なんでですか。それはそれでおかしいやないですか」

「そういわれましても」

下中の口調が次第に詰問調《きつもんちょう》になってゆく。

僕は己の気配を極力抑え、黙って聞き役に回ることにした。


その夜。

十兵衛に顔を出すと、折原はすでにカウンターで握りを摘《つま》んでいた。僕の顔を見るなり、中トロを口に入れたまま「なにふぁ、わふぁあった」と、きたもんだ。

「食べるか、しゃべるか、どっちかにしいや」

「ンな事はどうでもいいの。それよりも取材の成果は」

「ばっちり！　とはとても言い難いなあ。相当に胡散臭《うさんくさ》いで、あの家」

「判っているわよ。だから潜り込んでもらったんじゃない」

「おかしな連中が出入りしてるみたいやし」

ぼくは寺町の古書店主、下中のことを説明した。

「それに遺体の発見状況やけどな」

下中もそのことをしきりに気にしていたようだが、彼が夫人を詰問する前に、僕は例の特殊能力を使って一つの情報を得ていたのである。

「遺体の傍にあったんは、竹皮を切り開かれた馬連だけやなかったらしい」

「ほかにもなにか」

「なんやと思う」

そういって、僕は大将にビールを注文した。持ち帰った情報の価値を高めるための演出のつもりであったが、この逆噴射型激情記者には、そのような奥ゆかしい手法は通用しなかった。せっかくカウンターに登場した「とりあえずのビール」を瓶ごと取り上げ、

「まずは、話が先でしょう」

と曰うたのである。

「鯖棒」

「はい？」

「鯖の棒寿司が三本、工房に備え付けのテーブルの上に開かれとったんや」

折原よりも早く僕の言葉に反応したのは、カウンターの中にいる大将だった。

「やっぱり、あのお人やったんか」

「間違いないよ、大将」

「せやけど、なんでまた三本も、いっぺんに」

折原からアルバイトの依頼を受けた夜。十兵衛の大将が思い出したのが、その鯖棒こと、鯖の棒寿司のことだったのである。

「大将、いうてはったな。事件があった日の夕方、乾泰山が鯖棒を買いに来たて」

「そうや。開店直後やったからよう覚えてるわ。いきなり店に来てナ、『鯖棒三本、包んでんか』と、これや」

鯖棒は京都人ならば誰しもが慣れ親しむ、冬の味覚である。若狭湾に揚がった鯖はそこで塩締めにされ、鯖街道を伝って京都に運ばれる。それを棒状の寿司に仕立てたのが、鯖の棒寿司である。ことに寒鯖は脂がのっており、酒の肴としても十分に楽しむことのできる逸品だ。

「けど、ここの鯖棒三本いうたら、相当の量ちゃうん」

「そら、もう……うちの鯖棒は一本七百グラムはある。大人一人では、ちっと持て余すわ。そうやなあ、三本やったら大人やったら四〜五人で食べる量やろ。もっとも、うちの母親、春美《はるみ》いうねんけど、あれは一人で丸ごと片づけるけどな」

しかも食前のおやつ代わりにと付け加えたが、僕たちは完全に聞き流していた。

「来客でもあったのかな」

と、折原。

「と、誰もがそう思うやろ。ところがそうではないらしい」

「まさか、一人で食べるつもりだったとか」

「あほか。化けもんやあるまいし。そこで問題になるのが、例の馬連や」

「馬連と棒寿司？」

「二つの共通項はなんや」

僕の問いに、先に答えを出したのは大将だった。

「竹の皮や。馬連も鯖棒も竹の皮で包んである！」

「大正解。つまりやね、泰山が本当に必要だったのは鯖棒の中身ではなく、それを包む竹の皮やったということや」

しばしの沈黙の後、ようやく手にしたビールの瓶を解放した折原が、極めて疑わしげな眼差しと口調で「それ、どこまで本気でいってる」と、いった。

「さあ……なあ」

「絶対に本気じゃないでしょう。だってそんなばかな話、聞いたことがないもの。竹の皮が欲しいなら、錦市場にでも行けばいいじゃない」

錦市場——通称・錦——は四条通に並行して延びる小路で、「京都市民の台所」ともいわれる。食材のみならず、おばんざいその他を扱う店屋が立ち並び、観光都市ではない京都の一面を見ることができる場所として知られる。

「ねえ、アルマジロ」

「有馬次郎、いうてるやろ」

竹皮に関する推理、というよりは妄想は、下中の存在を中心に考えたときに自然に思いついたにすぎない。少なくとも奴は、馬連の中になにかが隠されていたと考えているようだ。あるいは、馬連に隠されていたものを、乾泰山がどこかに移し替えたと考えているのかもしれない。だからこそ、あれほど馬連に執着しているのである。

「なんか、話がちぐはぐな気がする」

という折原の言葉は、まさしく僕の思いを代弁するものだった。

――そう、ちぐはぐなんだ。

一見整合性があるようで、その実どこかでかみ合わせが悪い。

「帰るわ、明日の朝の勤行もあるさかい」

なおもなにかいいたげな折原から逃げるように、僕は十兵衛を出た。

考え事をしながら町中を歩き回り、渡月橋に到着したのは午後十時過ぎだった。

街灯すらほとんどない山道、とはいっても勝手知ったる道だけになんの不安もないのだが、大悲閣へと急ぐ僕は、その半ばで足を止めた。星明かりに黒々と立ちはだかる木々の向こうに、人の気配があった。それも、相当な悪意を秘めて。

意識のモードを切り替えた。同時に全身の筋肉に軽い緊張が走る。

「有馬次郎さんだね」

「ああ、そうだ」

「先日は、うちの連中がお世話になった」

「なんのことだろう。よく判らない。あんた、誰だ」

「九条保典《くじょうやすのり》。一応、そんな名前を名乗ることにしている」

「知らんな」

「先だって、ドジを踏んで大量検挙された故買屋グループ。そこの実質的なオーナーとでもいっておこうか。あんたのことはすべて調べさせてもらった。今でこそ貧乏山寺の寺男だが、その実、数年前までは」

「無駄口は叩かなくてもいい。それで？　お礼参りのつもりか」

闇の向こうの悪意が、質量を持った気がした。が、それも一瞬のことですぐに周囲は静寂としかいいようのない空気を取り戻した。

「あの一件については、いい。もう裏は返したから。それよりも聞きたいのは、あんたが現役復帰をするつもりなのか、否かだ」

「その気は、ない」

「だったらどうして、乾泰山の一件に首を突っ込む」

「それは」

言葉が続かなかった。みやこ新聞の折原から依頼を受けた、などといえるはずもない。こうして対峙していてさえ、生身を蝕《むしば》むような九條の悪意が、あの能天気娘に向けられることだけは避けねばならなかった。だが、そうした思いを嘲笑するかのように、事実、明らかに侮蔑《ぶべつ》の口調で、

「そうか。前回と同じく、折原とかいう新聞記者の走狗《そうく》になっているのか」

闇から声が返ってきた。やはり言葉に詰まると、

「いつまでも忠告で済ますわけにはいかなくなるぞ。それが厭なら」

「一件から手を引けと？」

「判っているじゃないか。ならば、行け」

かつての稼業のこと、大悲閣のこと、そして折原のことまで持ち出された僕は、その言葉に従うしかなかった。

九條が「裏はもう返した」といった言葉の意味を、正確に理解したのは翌日だった。下鴨《しもがも》神社にほど近い鴨川の河川敷で、下中義三郎の撲殺死体が発見されたのである。しかもご丁寧に、僕が渡した贋の名刺を握りしめて。

（三）

京都府警の碇屋警部が大悲閣を訪れたのは、下中の遺体が発見されて三日後のことだった。日頃は「京都府警の税金泥棒」といって憚らず、また本人もそれを否定しないのだが、この日ばかりはそうもいかなかった。碇屋警部の顔からはいつものにやついた表情が完全に消えていたし、彼が連れてきた北詰《きたづめ》という私服警察官に至っては、猜疑心の塊を口から吐き出しそうな雰囲気を隠そうともしない。

「困ったことになったねえ、有馬君」

そういって警部は、唇をへの字に曲げた。

下中が握っていた名刺からみやこ新聞東京支社を割り出し、さらに本社文化部の折原けいをリストアップ。彼女を締め上げて僕の名前を俎上にあげるのに、三日かかったというわけだ。もちろん、前日僕が贋名刺をもって乾邸を訪れたことも、すでに調べ済みである。間抜け揃いの京都府警にしては上出来、などというジョークは思いついても口にできる状況ではなかった。

「だいたい、文化部記者がどうして殺人事件に首を突っ込むんだ。その一事をもってしても怪しい。おまけに山寺の寺男を情報屋に使うなんて話は、聞いたこともない」

捲したてたのは、北詰である。すべてごもっとも、あなた様の仰有《おつしや》るとおりとしかいいようがないだけに、僕は沈黙した。

「まあ、まあ。彼については僕が身元を保証する。彼は大悲閣の立派な寺男や。折原については……少々問題がないではないが、こちらも後ろ暗いことはしていない。ちょっと暴走傾向があるだけでな」

「暴走どころじゃない。捜査妨害、越権行為、いやそれどころか」

北詰の言葉を遮《さえぎ》るように、

「ところで有馬君。四日前の夜、午後九時頃は、どこにいた？」

碇屋警部の問いに、

「なるほど死亡推定時刻は午後九時ですか」

と答えることしかできなかった。あの夜、僕が十兵衛を出たのが午後八時過ぎ頃。それからぶらぶらと歩き回り、九條と対峙したのは午後十時過ぎのことだ。無論、奴のことを口にするわけにはいかない。

「余計なことはいわんでもいい。午後九時にはどこにいた」

「まあ、まあ。北詰君は少し言葉を抑えて。あれだろう、午後九時過ぎといえば、寺にいたのだろう」

碇屋警部のフォローは嬉しかったが、僕は首を横に振った。

「あの夜は折原と会っていました。ええ、例の乾家のことで」

そして、自分では整合性をもって当夜のタイムスケジュールを話したつもりだったが、かえって北詰を喜ばせる結果にしかならなかった。

「どうやら、署で詳しい話を聞いた方がいいようだな」

「ちょっと北詰君は黙っていなさい。それで、町を歩いているときに、誰か知り合いに出会ったとか」

「いいえ。誰とも会っていません」

「近くでなにか起きなかったかい。ちょっとした接触事故を目撃したとか」

首を横に振った。いよいよもって旗色が悪くなり、ついには署に連行、じゃなかった同行。そこで下中殺害犯に仕立て上げられた挙げ句に、旧悪までも暴かれて長期刑確定か。とまでマイナスイメージを膨らませたところへ、救いの主が現れた。我らが大悲閣のご住職である。

「ちょっとお待ちなさい」

「ご住職！」

「碇屋さん、それから北詰さんいわはったね。少しばかり強引が過ぎるようやが」

「これはご住職。いや、別に我々は有馬君を犯人扱いしているわけではありませんで」

「彼に折原君のアルバイトを許可したんは、わたしや。見ての通りの貧乏寺で、満足に給料も出せんやよってな」

特に相手を威圧するでもないのに、住職の言葉には不思議な説得力が備わっている。威徳とでもいうべきか、あの北詰さえも反論できずに、顔を真っ赤にしているのが面白かった。いや、面白がっている場合では決してないのだが。

「それに、有馬君には下中とかいう御仁の命を奪う理由がどこにもないのではないかな」

「まったくその通りで」

「人が人の命を頂戴するいうんは、これは大変な業を背負うことでもある。生半可な気持ちや理由で、踏み切れるものやない」

その時になって、ようやく北詰が反論を試みた。

「きょうび、二万三万の金で命のやりとりする連中は、いくらでもいますよ」

「こら、北詰！」

「碇屋さん、ちょっとご住職に気を遣い過ぎじゃないですか。わたしねえ、この有馬とかいう男、胡散臭くて仕方がないんですよ。だいたい枯れる年でもないのに、こんな山寺の寺男だなんて、後ろ暗いところがあるから世捨て人の振りをしているんじゃありませんか」

どうやら北詰とかいう警察官、碇屋警部よりは確かな慧眼《けいがん》の持ち主らしい。

「世捨て人やないから、折原君の手伝いもするんや」

ご住職がいうと、北詰は再び口を噤《つぐ》んだ。

その後幾度か同じようなやりとりを交わした後、二人の警察官が帰っていったのは、もう夕方近くになってからのことだった。「余りおかしな動きをしないように」という、碇屋警部の一言が、盤石《ばんじゃく》の重みとなって我が身にこたえた。その直後に、君の身も危険に晒されるかもしれないのだからと、付け加えてくれたものの、なんの救いにもならなかったことはいうまでもない。

——九條保典、か。

死体一つ転がすだけで、九條は僕に対して報復と封印と警告という、三つの効果を与えたことになる。適切な表現ではないかもしれないが、見事というほかなかった。

「えらい目に遭うたね」

「はい、とんでもないことに首を突っ込んだようで」

「それにしても」

住職は僕を見ていなかった。僕も住職を見ていない。二人の視線は、客殿の下方に位置する鐘楼《しょうろう》に向けられていた。しばしの沈黙の後、

「いつまでそこに隠れてるつもりや」

僕の声に、鐘楼の陰から人影が姿を現した。いつもの傍若無人ぶりをどこかに置き忘れ、たった今保津川の川底から引き上げられた土左衛門のような青白い顔で、

「……ごめん、有馬次郎」

絞り出すようにいったのは、折原けいだった。

「こっちへお入り、紅茶でも淹《い》れよう」

　住職が声を掛けても、折原はその場から動こうとはしなかった。たとえ京都府警に追及されたとはいえ、簡単に僕の名前を出してしまったことに、負い目を感じているのだろう。ニュースソースの秘匿というジャーナリストの生命線を、あっさりと他人に手渡してしまったことで、砕け散ったプライドを持て余しているのかもしれない。

「終わったことや、気にするな」

「でもね、有馬」

「らしゅうないで」

「わたし……精一杯抵抗したんだよ。有馬だって一所懸命やってくれたのに、京都府警に脅かされたくらいで、あんたの名前を出しちゃいけないって。でもうちの編集長をすっ飛ばして、局長にまで」

「そうか、上からのトップダウンか」

　それ以上は聞くまでもなかった。日頃から折原の暴走ぶりは上層部にとっても頭の痛い問題であったに違いない。そこで、今回の一件である。きついお灸をすえる意味で、敢えて取材協力者である僕の名前を京都府警に流したのである。

「なんや、またしても僕はスケープゴートかい」

「そんな言い方しないで、本当にごめん」

折原を責め立てる気はなかった。それどころか、碇屋警部もあの北詰も、いや、九條保典でさえも、不思議と責める気にはなれなかった。こうした心の模様を、理路整然と説明する術《すべ》を、僕は持たない。自分では気づかぬうちに、意識のモードが切り替わったのかもしれなかった。

「お二人さん、ちょっと」

住職の声に振り返った僕は、表情までも変わっていたことだろう。けれどすでに大悲闇は十分すぎる闇に包まれ始めているから、その変化が気づかれる心配はなかった。

「事件のこと、もう一度説明してくれんやろか」

「はい」と、庫裡に駆け出す折原の後ろ姿が夕闇にとけ込もうとするのを、僕はじっと見ていた。

（四）

碇屋警部がなんといおうと、また北詰がどのように僕をマークしようと、そんなことで手枷足枷を科せられるほど昔の勘は鈍ってはいない。その気にさえなれば、僕は町の裏も表も、自在に闊歩することができた。

その日も、渡月橋から京都駅まで、二人組のマークが貼りついていることは百も承知していた。

——それにしてもへったくそなマークやなあ。

碇屋警部の部下であることを確信しつつ、上司に恵まれない部下の悲哀と部下に恵まれない上司の悲劇に、思わず溜息を吐《つ》いたほどだ。

京都駅のトイレから立ち食いの蕎麦屋へ、そしてキヨスクで雑誌を買って新幹線の改札をくぐり、もう一度トイレに入ってそのまま改札を出たときには、連中は僕の姿を完全に見失っていたのである。

地下鉄烏丸《からすま》駅から阪急電車に乗り換え、僕が目指したのは長岡京《ながおかきょう》市だった。

市街地の西の外れにとある美術館がある。美術館といっても資料館の域を出ないのだが、そこの館長の目利きの確かさは、表の世界でも裏の世界でもよく知られている。

「東京の南雲堂ともうします」

折原の作ってくれた贋名刺を差しだすと、館長の西原《にしはら》は度の強い眼鏡の向こう側から人懐こい目つきで「ほお、ずいぶんと遠路はるばる」と、無警戒に迎え入れてくれた。

雑然とした館長室兼研究室に案内されるとすぐに、

「用件を承りまひょか」

人懐こい目つきの割に、西原の口調は端的で、そして鋭かった。

「実は、先だって亡くなられた乾泰山先生について」

「泰山ですか。それはまた面白い」

面白いといいながら、西原は目つきを変えた。人懐こさが霧散し、研究者の鋭さと猛禽類の残酷さを目の光に同居させながら、

「彼の作品は、難しい。南雲君といわはったね、どうやらこの世界に入ってまだ日が浅いようやが、なるべくなら乾泰山には近づかんほうがよろし」

確信的な口調でいった。

「それがそうもいかないのです」

「もしかしたら、すでに足を踏みこんでしもたんか」

「はい。先日、とある頒布会で三枚組をひと揃い」

「三枚組いうたら、たぶん……北山三部作のことやな」

「その通りです」

現役を引退した今でも、僕の情報網は表と裏の世界に張り巡らされている。ほんの一週間ほど前のことだ。町田市の頒布会——競り市——で、乾泰山の三枚組の版画が競り落とされたことは、耳に入っていた。

西原が黙ってデスクからパイプを取りだし、マッチで火皿に火を入れた。薄紫色の煙が室内に満ちるのを待つように、

「で、どやった」

正真物《しょうしんもの》であったかどうかを西原は問うている。

「それが……限りなく。もちろん半素人のわたしには判断がつかないほどの精巧な出来で。それで泰山のことをもっと知りたく、推参いたしました」

「そうか、限りなく本物に近いが、怪しいか」

「幾分、画質に鈍さがあるようです」

「早めに処分することを勧めるね」

「といっても……もしも質の悪いものですと」

「業者としての良心が許さへんか。そないな甘い考えしとったら、穴《けっ》の毛《け》羽《ば》まで抜かれるよ。この世界は」

「確かにそうですが、やはり納得のいかないものは、流通させるわけには参りません」

「甘いが、まあその意気込みや良し、としようか」

そういうと、西原は部屋の奥のスチール製資料棚から、一枚の版画を取りだしてきた。デスクのコンピュータを立ち上げながら、

「これも泰山とされてはいるが、君のいうように限りなく怪しいしろもんや」

その版画をコンピュータのスキャナーにセットし、画面に取り込んだ。落款とシリアルナンバーの部分を拡大し、それ以外はカットする。次にハードディスクから取りだしたのは、同じく泰山の落款とシリアルナンバーで、「こっちは正真物から取りだしたもんや」と、説

明した。

「きょうびはコンピュータの技術が発達しよって、贋作造りもずいぶんとお手軽になりよった。こないな落款も、コンピュータで画面に取り込み、それを加工すれば簡単にコピーができるンや」

困ったもんやでといいながら、西原はなぜか楽しげにマウスを操作する。

「けどな、このシリアルナンバーだけはあかん。泰山の手書きやよってな。手書きは厄介なもんやで。寸分違《たが》わぬ文字は本人でも二度と再び書くことはかなわん。そのくせ本人の特徴だけはしっかりと現れよる」

僕は西原の言葉を理解した。まったく同じ文字であれば、落款同様コンピュータで取り込んでコピーすればよい。が、たとえ本人であっても、まったく同じ文字を書くということはあり得ないのである。

「この正真物のシリアルナンバーを基本パターンとした場合、本人の手書き文字であればその誤差は十パーセント以内。そう仮定し、それを認識するためのプログラムを、コンピュータに組み込んである」

西原はマウスを使って、正真物のシリアルナンバーに、限りなく怪しいとされる作品のシリアルナンバーを重ねた。呼吸一つ分の間があいた後、コンピュータの画面には「九十八」という数値が表示された。

「どういうことですか」

「誤差率は二パーセント。わかるな、この意味」

「限りなく本物に近いというよりは……まさか、まさしく本物の手書き！」

「シリアルナンバーが一から二百まで打ってあれば、作品は二百枚しか存在しない。それが世間一般の常識や」

だが、と西原がいっているのである。

——シリアルナンバー「一」が一枚でなければならない理屈はどこにもない。そう考える人間がいたとしたら。

「泰山が難しいという理由が、わかったね」

「わかりたくは、ありませんでしたが。まさか同じナンバリングされた作品が複数存在しているなんて」

「あくまでもわたしの仮説や。君もそのことは口外せんほうがええやろな。なんといっても乾泰山はビッグネームや。亡くなったとはいっても、信奉者はごまんといよる。しかも、や。その連中は純粋に泰山の作品を愛しながら、一方では作品にまとわりつく利権も同じように愛しておるからナ」

「要するに、腐りきっているということですか」

「言葉ではなんとでもいえる。だが忘れたらあかんよ。美術の世界は純粋な美学と利権とが、手を取り合って構成しているんや。君かてこの世界の住人やないか」

そうでないとは、今さらいえるはずもなく、僕は鼻の頭を掻くしかなかった。


待ち合わせの時間にきっかり三十分遅れて十兵衛にやってきた折原は、あの日、濡れ鼠のようにしょげ返った彼女ではすでになく、よくいえばいつもの、悪くいえば傲岸不遜《ごうがんふそん》の折原けいを完全復活させていた。どうやら新聞記者の才能とは、打たれ強さに正比例するらしい。

カウンターに座るなり、

「わかったわよ、乾邸に出入りしていた画商連中」

鼻の穴を十二分に膨らませつつ、折原はビールを注文した。

駆けつけ三杯を実行した後、彼女がバッグから取りだしたのは、四人の男が写っている写真だった。

「専門契約を結んで泰山の作品を取り扱っていたのが、この四人」

「名前は」

「右端から橋本晋《はしもとすすむ》。高梨研治《たかなしけんじ》。有樹学《ゆうきまなぶ》。そして左端が堀田貴志《ほったたかし》。四人で《四光会《しこうかい》》という会を作っていたそうよ。元々は《三光会》だったけれど、堀田が数カ月前にメンバーに入り、今の名称になったんだって」

「……ふむ」

「どうしたの。なにかおかしなことでもある」

「いや、別に。これ以外に九條保典という人物は浮かび上がらなかったか」

「なによ、その人」

「いや、さる方面からの裏情報で、ね」

僕は、猪口の酒を舐めながらしばらく考え込んだ。

実のところ、四光会についてはすでに僕サイドでも調査を終えていた。終えていたどころではない。折原が摑むことのできなかった情報さえも、すでに手にしていたのである。

「ちょっと聞きたいンやけど。乾泰山の贋作が出回り始めたのはちょうど一年前や、いうてたな」

「正確にはいえないけれど、その頃ね」

「かなり精密な贋作らしいが、どの程度の出来や」

「多少画質が粗いけれど、素人目には絶対に見分けがつかないって。おまけに落款もシリアルナンバーも、本物を正確にコピーしているらしいわね」

「そうかい」

折原のもたらした情報は、僕の摑んだネタを正確に裏付けてくれた。

なんのことはない。乾泰山の贋作などというものはこの世に存在していなかったのである。

四光会は表の顔で泰山の正式な作品を頒布しつつ、裏で、本来ならば一作品につき二百枚以上刷られるはずのない彼の作品の、粗悪な二刷りをマニアに販売していただけのことだ。当然の事ながら、画質は粗くなる。

——そして、粗悪品が出回り始めた一年前というと……。

泰山が、後妻に佐枝を迎え入れた時期とぴったりと一致するのである。

美しすぎる後妻と、すでに老いの域に達した版画家。あまりに出来過ぎた構図としかいいようがない。泰山の佐枝への溺愛は、彼の芸術家としての良心まで曇らせたということなのだろう。それを責める気には、僕はなれなかった。乾佐枝という、本人の自覚云々は別にして、ほとんど本能的な魔性に一度でも触れた身としては、である。

「なにを考えているの」

「別に。それにしても謎の多い事件やなあ、とな」

いくら四光会が裏の顔を持っていたとしても、彼らにとって泰山は、下世話な言い方をするなら金の卵を産む鶏ではないか。佐枝の存在を考えるなら、泰山こそが会の中心人物であり、その存在を簡単に抹消して良いはずがない。

ふと、四人の誰かが九條保典ではないかと考えてみた。犯罪者と偽名はいわばベストパートナーのようなもので、裏の稼業に身を置いていた時分は、僕も三つばかり使い分けていた。

「だからといって、泰山を殺害する理由にはならんわなあ」

「なによ、それ」

「今回の事件に関して一番の謎や。なんで泰山は殺されなあかんかったか」

「殺人の数だけ、動機はあるというからねえ」

「けど、泰山殺しの動機は一つしかない。それは確かなんや」

「もしかしたら、贋作グループが、自分たちの犯行を隠蔽するために」

「それで、正真物を消してどないすんのん。自ら『私ら、バチモンです』いうてるようなモンやないか」

「そうよねえ」

ここで、四光会の裏の顔についてレクチャーしたなら、折原は狂喜乱舞して店を飛び出すことだろう。日本版画界重鎮の裏の素顔と、殺人事件。これほどおいしいネタがあろうはずがない。だからこそ、僕は敢えてなにもいわなかった。

「そういえば、どうでもいいことだけれど」と、折原がいった。

「どないしたん」

「乾泰山の面白い一面を摑んできた」

「事件と関係あるのん」

「どうかなあ。彼、相当のマニアで、まったく別名でミステリーの評論も出版していたんだって」

「というと、覆面作家か」

「近いわね。それもかなり高い評価を受けていたらしい」

下中が「蒐集は古文書だけではない」といった言葉、そして佐枝夫人の「乱読家であった」という言葉が甦った。しかし、それが新たな発想を生み出すわけではなかった。

――ミステリーマニアであったから殺害された、まさかね、阿呆くさい。

すべては動機にかかっている。それが僕の結論だった。

「ところで、例の馬連と鯖棒の関係だけど」

「ああ、あれか」

「他にわかったことはないの」

「ないな。まったくない」

「こんなことを考えてみたんだけどね」

「あんましつまらんことというたら、思いッきし笑うよ」

「聞いてみなきゃ、わからないでしょう。つまり、乾泰山は本来は馬連の中に隠してあるなにかを取り出そうとした。その後処理のために、ね」

「あかん。せやったら錦にでもいって、竹の皮を買うてきたほうが現実的やと、いうたんは君やないか」

「そうなんだけどなあ」

――あるいは……そう見せたがった人間がいたとしたら。

唐突にそんなアイデアが浮かんだが、流れに浮かぶ泡沫のようなもので、すぐに弾けて脳裏から消え去った。

我々のやりとりが一段落したのを見越してか、大将が小鉢を二つ出してくれた。

「去りゆく冬と、一足早い春とを同時に味おうてもらいとうてね」

蓋を取ると、蕪《かぶ》の芳香がぷんと香った。

「鰆《さわら》と蕪を蒸してみたんやけど」

という大将の言葉が終わる前に、我々はすでに小鉢の中身に箸を付けていた。

「餓鬼やね、きみら」

「ほっといてんか。うまいものに能書きはいらん」

「ああそないに食い散らかして」

鰆のうま味をたっぷりと含んだ蕪を口に運んでいるところへ「あの、大将」と声を掛けたのは店の若い店員だった。

「どないしたん」

「こちらのお客さん、例の鯖棒三本のお客のこと、いろいろ調べはってるんですか」

「ま、そういわれるとそうだけどね」

いち早く小鉢を片づけた折原が、唇の端を指で拭いながらいった。

「あの……一つ気になることが」

「気になること?」

「はい、大将は鯖棒を三本作りはったら、すぐに奥に引っ込みはったでしょう」

「ああ、そういえば」と大将が応えた。

「そのすぐあとに、もう一人お客さんが見えはって、僕に聞いたんです」

一瞬のうちに頭の芯に冷たいものが走った。この若い店員の唇からもたらされるであろう言葉に、僕は最大限の注意を払った。

「あの、『今出ていった客がいただろう。彼はなにを持ち帰りしたんだ』と」

「泰山の買っていった鯖棒について、質問した？」

「はい。それで言葉にちょっと訛《なま》りがあったんで、鯖棒とはいわずに鯖の寿司、と」

「他には？」

「どれくらい買っていったかと質問されたんで、三本と応えました」

僕は反射的に折原が調達してきた四光会の写真を彼に見せた。この中にあとから尋ねてきた客はいるかと問うと、店員は左端の男を指さした。

「ああ、堀田貴志だよ、それ」

「というと、一番新参者の、か」

「そ。今でも山口県の片田舎で画廊を経営しているらしいわ」

重要な手がかりであることに間違いない。けれどそれがなにを意味するのか、僕の貧弱な想像力では、とても答えを出せそうになかった。

大悲閣に戻った僕を、ご住職が待っていた。自室に招き入れ、熱い茶を淹れて、

「どうかね、仕事は進んでおるやろか」

という問いに、僕は黙って首を横に振った。

「あかんか」

「乾泰山の一件、そして寺町の古本屋の一件。どちらも深くリンクしているようでいて、その繋がりがわかりません」

なによりもと、これまで知り得た情報をご住職にだけはすべて話した。そのうえで、

「動機からして、摑めません。泰山は何故殺されなければならなかったのか。下中もまた然りです」

「それは、難儀やなあ」

碇屋警部が北詰を連れて当山を訪れた夜、やはりこうやって僕を自室に招き入れ、

「自分なりの決着をつけるおつもりやな」

そういってくれたのは、ご住職である。彼の承諾があったればこそ、僕は山を下り、自由に調べを進めることができたのだ。余り公言することはできないが、時にかつての職能を駆使して、である。

「すべてがバラバラであるのかもしれません」

「というと？」

「二つの事件は本来独立していて、それがあたかも繋がっているかの如く見えるのかもしれないのです」

もっともらしいことを並べてはみたが、そこになにがしかの根拠があるわけではなかった。訳の分からないことを言い募り、自分の無能さを欺くことだけが、あるいはそうする振りをすることだけが僕に許された虚勢だった。にもかかわらず、

「ふうむ、なあ。まさしく現世は摩訶不思議の連続やなあ」

あまりに素直なご住職の反応に、僕は自らを恥じて頭を垂れた。

「済みません」

「なにを謝ってるの。君はようやっているやないか。いや、そうに違いない。君は一歩ずつ真実に向かっておると、わたしは確信してる」

「いや、そこまでいわれると……ねえ」

ご住職が、姿勢を正していった。

「時としてね、無明の闇に彷徨《さまよ》うものは、宙を漂う人魂《ひとだま》さえも一条の光と勘違いするものや。己の闇に気づかんものはなおさら、なあ」

「……」

「そうした誤解や錯誤によって、成り立っているのが現世かもしれん」

「誤解と錯誤、ですか」

　ふと、堀田貴志の行動が気になった。

　——どうして堀田は、泰山のあとを追うように十兵衛に飛び込んできたのか。

「なにか、気になることでも？」

「もしかしたら、堀田は乾泰山のあとをずっとつけ回していたのではないでしょうか」

「それは、なにゆえに」

「わかりません。でも、偶然ではあり得ない。確かに堀田は泰山の後をつけていたんです」

　その挙げ句に十兵衛で聞き出したことといえば、泰山が持って帰った鯖棒とその数量のみ、である。滑稽といえばこれほど滑稽なことはない。

「なるほど、鯖棒なあ」

「おかしいですよね」

「そう決めつけたらいかんよ。人それぞれに価値観は違う。たとえば、や。偶像崇拝を禁止する宗教を信じるものにとって、我々の日々の勤行は、悪行にしか見えンことやろ」

「はあ」

「それと同じや。堀田某にとっては、鯖棒がもっとも大切な要素やったかもしれへんやないの」

ひとしきり茶を啜《すす》ったご住職が、

「鯖棒か。仏の道に仕えるものにとっては、すでに食するにかなわん逸品やが」

「剃髪する前は、食べはったんでしょう」

「昔の話やね。ちょうど寒鯖の時期は、あれを口にするのが楽しみやった。鯖棒はなれ鮨やからね、作った翌日あたりが、一番食べ頃やった」

その言葉が、僕の中で綯《な》い交ぜになった謎を見事に解きほぐしてくれた。

「そうか、鯖棒はなれ鮨なんだ」

「どうやら、闇に一条の光を見たようやな」

僕はご住職に向かって居住まいを正し、合掌して深く一礼した。

（五）

その夜。住職が九時過ぎに床につくのを待って、僕は大悲閣を抜け出した。とはいっても、あの人の眼はいつだって周囲を透徹し、隠し事などできた例《ため》しはないのだが。きっと僕が抜け出したことも承知の上に違いない。

山道を渡月橋へと急ぎ、京福電鉄白梅町《はくばいちょう》線に乗り込んで北野《きたの》白梅町へ。そこからタクシーに乗り込んで修学院離宮へと向かった。

かつて培《つちか》った能力の何分の一も発揮することなく、あっさりと乾邸内に忍び込んだ僕は、佐枝夫人の眠る寝所《しんじょ》を目指した。誤解のないようにいっておくが、僕は眠り込んだ女性に襲いかかるほど、恥知らずではない。本当の目的は、彼女ではない。その背後にいる人物だった。

——九條保典、お前だよ。

一連のデータをずらりと並べ、組み替えた結果得られた答えは一つだった。九條と佐枝夫人はある一点でつながっている。

広い屋敷ではなかったから、夫人の寝所を探し出すことはごく簡単なことだった。一切音を立てることなく室内に忍び込み、ナイトライトに浮かぶ彼女の寝顔をのぞき込んだ。その口元に、八つ折にした小風呂敷を押し当てる。

途端に佐枝夫人は眼を覚ました。

「静かに。危害を加えるつもりはない」

といったところで、寝込みを襲われた女性がすぐに静かになるとは限らない。夫人もまた、ものすごい勢いで抵抗を始めた。その暴れ方はいささか激しすぎて意外な気がしたが、それでも口元を押さえた掌《てのひら》にわずかに力をかけ、「九條に繋ぎを取って欲しいんだ」と耳元で囁《ささや》くと、夫人は抵抗をやめた。八つ折の小風呂敷をはずした。

「わかるな、九條保典だ」

わざとしゃがれ声を作ってそういうと、

「知りません、そんな人」

夫人の応《こた》えに嘘はないようであった。

「あなたの前では別の名前を名乗っているかもしれない。いや、多分そうだろう。だが、四光会のメンバーで、あなたとよほど親密な関係にある人物、といえばわかるはずだ」

僅かな沈黙の後に「そんな人はいません」と答えが返ってきたが、そこには嘘の匂いがした。

「隠してもわかっているんだ。だからこそあなたは、あんな行為に走ったのだから」

「わたし……あの、なんのことだか」

「とぼけるんじゃないよ。泰山氏の死体のまわりに、竹の皮を切り開いた馬連をばらまいたのはあなただろう」

「………」

「泰山氏の死体を発見したあなたは、思わず悲鳴を上げてしまった。それで隣人が駆けつけ、その人物が警察に連絡をしたのだったね。やっと我に返ったあなたは、工房のテーブルに鯖の棒寿司が置かれているのを見て、慌てたんだ。これは明らかに来客があったことを示している。だからあなたは竹皮を切り開いた馬連をばらまくことで、棒鯖は客をもてなす目的で用意されたものではない。竹皮の包みを利用することが本当の目的であると、思わせたかったんだ」

　警察をうまく誘導できる保証はどこにもない。

　けれどそれを承知で、夫人が敢えて行動に踏み切ったのはなぜか。彼女が来客を見知っているからであり、その人物の身に容疑が降りかかることを、是が非でも避けたかったからだ。

「いいかね、あなたの愛おしい人に伝えるんだ。嵐山の渡月橋近くで、明日の深夜待っていると。そういえばすべてはわかる。必ず伝えるんだ、でないと」

　それから先は、いわずもがなである。僕の提案を受け入れなければどのような結末が待っているか、誰よりもよく知っているのは佐枝夫人なのだから。

　新月の夜、微かな星明かりのみが唯一の山道で、《俺》は待ち続けた。待つことは、かつての稼業を思えば決して辛いものではない。だが現実には、三十分もしないうちに「待たせたか」と、感情を押し殺した声が背後から掛かった。

「いいや、大したことはない。立ち話もなんだから川岸で話そうか。座ることができる」答えを待たずに歩き出すと、足音があとをついてきた。

　川岸に出たところで、明かりがほとんどないことに変わりはない。俺と九條は、今にも闇にとけ込みそうな二つの影に過ぎなかった。従って俺の前で九條保典を名乗る男が、四光会ではどのような名前を使っているか、知ることは不可能だ。

「話があるそうだな」

「あんたが絡んでいる四光会と、乾泰山の事件についてな。それにしても、ずいぶんと多角経営をしているじゃないか。故買屋だけでは、稼ぎが足りないか」

「デフレスパイラルの時代だからな。こちらも色々と考える。で、用件は」

「ああ、乾泰山を殺した犯人が分かった」

「なんだ、そんなことか」

「その口調からすると、犯人が堀田であることは」

「最初から見当をつけていたさ」

「だが、動機はどうだ。あいつが四光会の他のメンバーをすっぱ抜くつもりで、顔合わせの前日から泰山を追い回していたことは、すでに知っているな」

「おおかた、それを断られたためにかっとなったのだろう。あの気の短さが致命傷になると、俺はいつも心配していたんだ」

「確かに、気の短さが原因の一つではあるが、すべてじゃない」

「どういうことだ」

「本当の理由は、鯖の棒寿司にあったんだ」

「棒寿司、ずいぶんと突飛な動機じゃないか」

「ところが、堀田にとっては突飛でもなんでもなかったんだよ。奴の出身は山口県だし、今も向こうに店舗を構えている。おまけに堀田がメンバーに入ったのは半年ほど前だ。奴には一つの知識が欠落していたんだ」

大した知識ではない。京都で作られる鯖の棒寿司がどのようなものであるか。ただそれだけのことだったのだ。

「乾泰山のあとをつけ回した堀田は、彼が一軒の寿司屋に入り、そこから大きな包みを持ち帰るのを見てしまった。その時、堀田の脳裏にある誤解が生まれた」

その誤解を確認すべく、十兵衛に飛び込んだ堀田は、店の若い店員に尋ねたのである。今の客はなにを持って帰ったのか、と。店員は彼の言葉遣いから京都人ではないことを察し、鯖の棒寿司、もしくは鯖棒という言葉を遣わずに単純に「鯖のお寿司ですよ」と応えてしまった。

「京都人であれば、それだけで鯖棒とわかる。あるいは泰山とのつきあいが長いあんたがたなら、やはり結果は同じだろう」

「だが、新参者で山口県人の堀田は誤解した、と？」

「そうだ。京都以外で鯖の寿司といえば、普通はバッテラのことだろう」

鯖棒とバッテラの大きな違いはなにか。それはつまり、バッテラが押し寿司であり、同じ押し寿司でありながら鯖棒は、

「なれ鮨なんだよ。なれ鮨は作ったばかりより、一晩おいた方が絶対にうまい。だからこそ

泰山は顔合わせの前日に鯖棒を買って帰ったんだ」

「だが、堀田はそうは思わなかった」

「その通り。バッテラは日持ちがしない。さらに誤解が積み重なった。量的な問題だ」

バッテラは一本が一人前の量しかないが、鯖棒、特に十兵衛の鯖棒は量が徹底的に異なるのだ。堀田と十兵衛の店員の間には、こんな会話が交わされた。

『先ほどの客は鯖の寿司を何本、買っていった』

『三本です』

堀田にとって三本の鯖の寿司は、三人前としか思えなかったはずだ。

「現実には、三本の鯖棒は四〜五人が食べるのに十分な量だ。が、誤解によって眼の曇った堀田にはそんなことはわからない。誤解に誤解を重ねた奴は」

俺の言葉に九條は沈黙した。保津川のせせらぎと微かな星明かりのみが俺たちを包む、その中で、九條は笑い声とも呻き声ともつかない声で、

「わたしたちをすっぱ抜くはずの自分が、逆に己がすっぱ抜かれたと思いこんだんだ」

「そういうことだ」

翌日の顔合わせのために用意された鯖棒を、当日、己をのぞいた三人が集まった折に供される料理と勘違いした堀田は逆上した。いっそのことここで泰山を殺害し、その嫌疑が他のメンバーにかかるようにすれば、と瞬間的に発想したのだ。

メンバーがいなくなれば、後に残された版木を自由にできる。それでも十分に利益を上げることができると踏んだ堀田は、邪《よこしま》な発想を実行に移したのである。

「さらに誤解が誤解を生み、事件は複雑になった。わかるよな」

「佐枝の工作、か」

「彼女もまた誤解した。本来なら翌日に泰山邸を訪れるはずのあんたたちメンバーが、予定を変更して事件当夜に招かれたと思いこんだんだ」

「浅はかな女だ」

「いってやるな。彼女なりに考えた上での工作だ」

「そんなことをするから無駄な不幸を」

といった、九條の口調に変化が見て取れた。思い出したくもないものを思い出す、苦渋に似た調子で「下中の奴などに」と、誰に聞かすでもない言葉を吐きだした。

「わからないことが一つ、ある。どうして下中は死なねばならなかった」

俺の問いに、九條はしばしの間、応えることができなかった。やがて「誤解のドミノ倒し」と、それまでの抑圧から解放され、気の抜けた声で呟いた。

「あいつはあいつで、バカな誤解をしたんだ。泰山がミステリーのマニアであったことは知っているか」

「そういえば、聞いたことがある」

「まったく愚かな男だ。あいつは切り開かれた馬連が死体の周辺に撒き散らかされていたことをどこからか聞きつけた。てっきり俺達四光会の誓約状でも隠されていると、勘違いしたんだ。もちろん、そんなものはない。だが、奴もまたそれを手に入れて、四光会の一部に食い込もうとしたんだ。切り開かれた馬連から何も失われていないとすれば、目指すものはどこにあるのか。下中は泰山がミステリーマニアであることに目を付けた」

そういった後、間隔を置いて九條が「馬連じゃ」と声に出した。

「バリンジャーという作家がいるそうだ。叙述トリックとかいう手法を得意とした作家らしい。時には解答部分を袋とじにして、この先を読みたくなければ袋とじのまま出版社に送り返せと、そんな企画まで立てたんだと」

「袋とじ？」

「わからないか。日本の古書はたいがい袋とじだ」

「まさか、ありもしない誓約状が泰山の蒐集した古文書に隠されていると」

俺は下中の思考を正確にトレースすることができた。

乾泰山を殺害した犯人が誰であろうと構わない。欲しいのは四光会の誓約状だ。下中はこう考えたことだろう。その誓約状を巡ってグループ内に諍《いさか》いが起きたに違いない。それ故に、泰山は誓約状を誰にもわからない場所に移したのだ、と。犯人は執拗に誓約状の隠し場所を問い詰める。拷問まがいのこともあったかもしれない。挙げ句に泰山が漏らしたのが、「馬連じゃ」の一言であった。そんなことを下中は邪推したのである。

「ところが馬連からはなにも失われていないとすると」

「そうだよ。誤解と邪推。それでも目指すものが見つからないと知った奴は思い切った行動に出た」

俺は、泰山邸に忍び込んだ折の、佐枝夫人の激しすぎる抵抗を思い出していた。

「まさか……あの日俺が泰山邸を辞した後に……」

馬連からはなにも失われていないとしつこく確認した後、下中は本来の目的半ば、下心半ばを胸に佐枝夫人に襲いかかったのである。誓約状はどこにある。和綴《わと》じ本のどこかに隠されているはずだ。下中の卑しい声まで再生できそうで、俺は暗闇で眉をひそめた。

その直後に起きた悲劇については、想像することさえ酷く思われた。

唐突に、

「で、どうする」

九條が思いがけない明るい口調で、いった。

「どうもしない。俺は京都府警の回し者じゃない」

「おかしな男だな。だったらどうしてむきになって事件を嗅ぎ回った」

「気にするな、プライドと趣味の問題だ」

果たしてそういいきれるか、自信はなかったが、

——とりあえずは他にいいようがないものなあ。

暗闇からぬうと手が伸びてきて、煙草の箱を差しだした。

「いらない」

俺の言葉と同時に、背後で光の気配がした。振り返って九條の顔を確かめることも考えたが、敢えてそうはしなかった。

「堀田のことは、警察に訴えるつもりなのか」

吐き出す煙とともに、九條がいった。

「すべて任せる。俺はこれから先、事件について一切関知しない」

泰山を殺害してしまった堀田と、もしかしたら取り返しのつかないターニングポイントに自ら立ってしまった佐枝。二人の行く末など、興味はなかった。

「まったく、変わった男だな。本当に現役復帰しないのか」

九條の言葉の裏に、組んでもいいぞという響きがあったが無視した。

「その気は……ない」

「どうかな。この世界のうま味を一度でも知った人間は」

「俺は、一介の寺男でいたいんだ」

九條がもう一度「どうかな」といったようだが、聞かない振りをして、《僕》は歩き出した。歩き慣れた夜道を進みながら、

——さて、折原に事件をどう説明するか。
そのことばかりを考えていた。

鮎躍る夜に
裏京都ミステリー

京都の観光名所でありながら、京都市民が滅多に足を向けないポイントは、いくつか、ある。たとえば嵐山など典型的な一例だ。名所旧跡の密集地帯であるにもかかわらず、市内在住の一般ピープルが、この地を訪れることは、よほどのことがない限りない。ま、他府県からやってきては大切なおぜぜをばらまいてくれる観光客にさえ、ほとんど知られることのない我が大悲閣にとっては、どうでもよいことではあるが。

もとい。どうでもよいことではない。

少なくとも、今日の僕にとっては。

では、数ある京都市民不在の名所の中でも、最右翼に位置づけられているのはどこか。

「まったく、なにを考えてこんなモン作ったんだか」

同行の折原けいが、目線を遥か上方に向けながらつくづくあきれた様子で、いった。

「とはいうてもなあ、もうかれこれ四十年近く京都駅に降りはるお客さん、出迎えてくれてるシンボルやし」

「シンボル？　冗談じゃない。京都市長が認めても、このみやこ新聞文化部の敏腕エース記者、折原けいがそんな戯言《ざれごと》は許さない」

怒りを込めながらもしっかりと自己を美化することを忘れない折原に、僕はつっこみを入れる気にもなれなかった。

一九六四年十二月開業。地下三階、地上九階、高さ三十一メートルからなるタワービル部分と、その上層部にそそり立つ百メートルのタワーとで構成される巨大なお灯明《とうみょう》。それが京都タワーである。

「だいたいねえ、京都駅前に作るからお灯明をイメージした、なんて発想がそもそも安直かつ貧弱なのよ。京都＝お寺＝お灯明……ああ貧弱、貧弱、貧弱う！」

だったら纏《まとい》をイメージにすれば良かったのだろうか。あるいは五重塔ではどうだったろう。まさか卒塔婆《そとうば》というわけにはいくまい。そんな減らず口をたたく気さえもない。

正面入り口を避けるように裏手に回ると、路地に面してゴミ置き場がある。物置小屋ほどの大きさのケージである。その前に小さな花束が三つ、四つ。封を切っていないキャンディとチョコの箱がそれぞれ三つずつ。水が満たされたコップ——たぶんカップ酒の二次利用だろう——が、その隣に置いてある。そして線香束の燃えかすが一つ。

折原がそれまでの軽口を噤み、表情を曇らせる。

「……ここに、彼女が？」

「そうや。タワー内の飲食店、売店が出すポリバケツ七つ分のゴミが、ケージの中にぶちまけられとった。それにまみれるみたいに、な」

言葉が途切れたのは、決して涙を隠すためではない。身体のそこここから、毛穴の一つ一つからさえ吹きあがりそうになる、憤怒の感情が声帯の機能を失わせたにすぎない。

「有馬……次郎」

手にした花束をケージの前に備えた。「ほな、いこか」と歩き出したものの、折原がついてくる気配はなかった。それでも僕は歩みを止めることなく、細い路地から路地へ、目標も定めずに足を動かし続けた。

自分でもなにをいっているのかよく判らない、怨嗟《えんさ》めいた言葉をいくつも唇から漏らしながら。

（一）

友原鮎未《ともはらあゆみ》が我が大悲閣へとやってきたのは、風も息絶えたかと思わせる、要するにこれ以上京都の夏らしい日もかえって珍しい八月十三日のことだった。

日頃は拝観者とて滅多にない由緒正しき貧乏寺だが、それでもお盆に入ると住職はにわかに檀家まわりで忙しくなる。一年を通して数少ない収入確保の季節であり、それがあればこそ我が大悲閣の財布は、その命脈を細々と保っているといって良い。従って寺には住職の姿はなく、うだるような熱気と湿度の中、渡月橋から徒歩二十分の道のりをわざわざ汗を掻くためにやってくる酔狂な人影はもちろんない。その日幾度めかの欠伸《あくび》をかみ殺し、竹箒を使ってているところへ、思いがけなくやってきたのが白いTシャツ姿の友原鮎末だった。

「あの……」

「ああ、ようこそ大悲閣へ。こんなボロ寺をわざわざ訪ねていただいたうえに恐縮なんですが」

「拝観料ですね。はい四百円。ああ、冷たいお抹茶が五百円ですか、じゃあ」

「いや、お抹茶はサービスします、はい、今ご用意いたしますんで」

住職からしかられそうなサービスを口にしたのは、彼女の端正な容姿に邪な考えを抱いたからでは、決してない。ま、山道を歩いてきた彼女のTシャツには汗が滲み、薄く透けた下着のラインに少しだけ眩暈《めまい》しそうな感情を覚えたことだけは、確かだが。

とりあえず客殿へと案内し、桃山時代の名作である《角倉了以像》、東山三十六峯をはじめとして市内を一望する景観などを大雑把に説明した。

庫裡で冷たい抹茶と茶菓子を用意し、客殿へと戻った僕は、静かに正座し瞑目する彼女の姿の美しさに、思わず我を忘れて飛びかかった、じゃなくて歩みを止めた。まっすぐに伸ばした背筋には一点の邪気も感じられず、外光をわずかに宿した額には知性や気品といったものを超越した、仏性《ぶっしょう》のようなものさえ漂っている。

「お待ちどおさまです」

そういって差しだした茶碗に伸ばされた指のなだらかな曲線、掌の動き、一挙一動がすべて美しい。二十歳をいくつか超えたくらいだろうが、その年でこれほどまで立ち居振る舞いがきちんとしている女性も珍しい。どこかの地方新聞社のスチャラカ文化部記者に教えてやりたいほどだ。

「おいしい。それに、ここは意外なほど涼しいのですねえ」

「すぐ下を川が流れてますし、山風も入ってきますから」

「それに静か。嵐山とはまるで別世界ですね」

拝観者名簿を差しだすと、人柄が滲むような流麗な文字で「友原鮎未」と書かれていた。住まいは東京都立川《たちかわ》市。

「友原……鮎未さんですか」

「おかしな名前でしょう。未だ鮎にもなっていないなんて」

「いや、まあ、それは」

「父が鮎釣りのフリークなんです。超がつくほどの。それで娘が生まれたら必ず《鮎》の一文字をつけるって。しかもわたしが生まれた日の釣果《ちょうか》がゼロだったから」

「ははあ、それで《未》ですか」

「ひどい親でしょう。でも二年前になくなりましたけど」

ひどいという言葉さえ、友原鮎未の唇から漏れるとなにか典雅な響きを持つようだ。饒《じょう》舌《ぜつ》とはほど遠い、けれどよどみなく動く唇から語られる話の、僕は完全に聞き役となった。

生まれも育ちも立川で、現在は大学の二年生。立川の実家で母親との二人暮らし。海外旅行には興味が余りなく、いや、国内旅行さえも京都以外の場所にはほとんど行ったことがないという。

「それほど、京都がお好きですか」

「はい。大好きです。こんな油照りの京都も、底冷えする京都の冬も」

その言葉を受けて、背後から、

「油照りとはまた……古い言葉を知っておいでやね」

声を掛けてきたのは、いつの間にか帰山したご住職だった。

「お帰りでしたか」

「ふむ、また夕方から出かけるけど」

友原鮎末を紹介すると、ご住職はふわりとその隣に腰をおろし、「ようおいでになりました」と、禅宗独特のお辞儀をする。

「とっても静かで素敵なお寺ですね」

「静かとは、あまり褒《ほ》め言葉にならんのやけど」

「ごめんなさい。でも芭蕉翁の句碑があると聞いて、どうしても訪ねてみたくて」

江戸時代、俳聖・松尾芭蕉は確かにこの地を訪れ『花の山二町のぼれば大悲閣』の句を残している。かつてはそれほどの由緒ある寺であり、中興の祖である角倉了以は中世から近世へと移り変わる京都にあって、貿易業、土木業の豪商としてこの地の開発に当たったほどの人物である。

「へえ、そうなんですか。だったら春に来れば良かったかもしれませんね」

「また、春にきはったらよろし。ソメイヨシノではないけれど、山桜のはんなりとした盛りを愛《め》でながらいただくお抹茶も、また格別やし」

僕の言葉に鮎末は、柔らかな笑顔で頷いた。

「花の山二町のぼれば大悲閣、ですか。わたしの好きな歌に『はつ夏の山のなかなるふる寺の古塔のもとに立てる旅人』というのがあります。なんとなく同じイメージですね」

「ほほお、なかなか歌の道にお詳しいようやが。確かそれは牧水《ぼくすい》の歌やなかったかな」

「はい！　よくご存じで」

「学生時分に、な。ちょっと聞きかじっただけや」

漂泊の歌人・若山《わかやま》牧水が山口県山口市の瑠璃光寺《るりこうじ》・五重塔で詠んだ歌であるらしい。そうした二人のやりとりから完全に取り残されても、僕はいっこう構わなかった。鮎末の声が耳朶《じだ》から奥へところころと転がること自体、快感であったからだ。

「それにしても今日は暑かったねえ。まさに油照りや。鮎末さんは、どっかいかはったんですか」

「別に、これといって。午前中は寺町通の方をぶらぶらと」

「まあ、どこへ行っても汗かくだけやし」

「京都人は、春と秋とを享受する代償として、夏と冬とを諦観《ていかん》しているのである、っていいましたっけ」

「感心、感心。林屋《はやしや》辰三郎《たつさぶろう》まで、読まれておったか」

「この一節に憧れたのが、京都詣での始まりでした」

「そら、京都市長はんに頼んで感謝状でも出してもらわんとあかんなあ」

感謝状を受け取るのは落語家もどきの林屋とかいう御仁か？　それとも友原鮎未だろうか。後者であれば激しく同意したいところであった。

ご住職が再び山を下り、友原鮎未が寺を辞したのは、夕方に近い時間だった。あと五日間は京都に滞在する予定だから「もう一度、必ずやってきます」と、嬉しい言葉を残して、彼女は山道を下っていった。そうした言葉は所詮は社交辞令のようなもので、本気にはしなかったが、ある種の淡い希望にはなった。人とはほんの僅かな気持ちの持ちようで、日々を自由闊達《かったつ》にも不自由にも生きることができる。もし友原鮎未が東京に帰る前にもう一度この山寺を訪れてくれたら、次はどんな話をしようか。そうそう茶菓子も「ちょびっとええモン」を用意しておかねばならない。

そんなことをどこかで考えながら数日を過ごすと、八月十六日。

京都の夏の終わりを告げる――とはいってても名ばかりではあるが――、五山の送り火である。まだまだ昼夜ともに忙しいご住職は「折原君でも誘て、送り火でも見てきたら」といってくれたが、何十万何百万と急激に人口の膨れ上がった市内に、わざわざ出かける気にはならなかった。折原にしたところで文化部記者としての仕事が山積する夜であるにちがいない。要するに体《てい》の良い取材助手、別名・荷物持ちに無理矢理任命されるのは目に見えているから、敢えてその愚を犯すような真似はしなかった。

明けて十七日もまた、一日はさしたる変化もないままに過ぎ、十八日はいよいよ友原鮎未が京都を離れる当日である。

――やっぱ、きいひんかったなあ。

あるいは新幹線の時間をぎりぎりまで遅くして、大悲閣を訪ねてくれるかもしれない。彼女に限って、その場限りの社交辞令を弄《ろう》するとは、どうしても思えなかった僕は、帰るはずのない主人を待ち続ける、どこかの馬鹿犬に近かったはずだ。

そして夕方。

じきに西日が傾き始め、そうなるとますます拝観者がこの地を訪れる可能性が限りなくゼロに近くなる時刻に、突然山道を登ってきたのは、当然の事ながら彼女ではなかった。

「……ちょうどよかった。有馬君、ちょっと聞きたいことがある」

いったいなにがちょうどよいのか判らないが、京都府警の碇屋警部は、荒い息を整えながらいった。

「ちょびっと運動不足なん、ちゃいます」

「本官のことはどうでもいいのだ、それよりも」

税金泥棒を地でゆく、この最悪の警察官がもたらしてくれた情報は、あらゆる意味でまさしく最悪であった。

昨日午前六時、京都駅前の京都タワーゴミ置き場で若い女性の遺体が発見された。

被害者の氏名は免許証から友原鮎未・二十歳と判明。

司法解剖の結果、死因は絞殺。死亡推定時刻は一昨夜の午後七時から九時の間。

「被害者の持ち物のなかから手帳が出てきてね。どうやら簡易日記のようなものらしい。その十三日のところに、大悲閣の名前があったんだ」

僕は、碇屋警部の声をほとんど聞いていなかった。

（二）

寿司割烹の看板を掲げる十兵衛で、折原と待ち合わせたのは午後九時だった。京都タワーに花を手向けて三日目のことだ。時間にきっちり三十分遅れてやってきた折原が、「とりあえずビール」といおうとするのを遮って、

「先に用事の方、済ませよか」

僕はぼそりといった。

「なにヨオ、人に仕事をさせといて、労働者の重大なる権利でもある《とりビー》を奪い取るつもり」

「悪い。お前とジョークのやりとりするんは、次の機会においとくわ」

「どうしたの、ア〜ルマジロウ」

「報告を早《はよ》う聞きたい、いうてるやろ」

「ちょっとおかしいんじゃないの。入れ込みすぎだよ、有馬。そりゃあ寺にやってきた女子大生が殺されたのは悲しいことだけど、いつもと全然人格違っているじゃない」

人格が違ってしまったのは、僕だけではなかった。

碇屋警部がやってきた日の夜のことだ。僕が一時下山することを願い出ると、

「外法《げほう》に手を染めた鬼畜の輩を、許すことができぬか。やはり」

「申し訳ありません。僕はご住職ほど、修行ができておりません」

「ならば、是非もあるまい。仏手をもって罪の意識におののく者を、闇から救っておやり」

「さあ、救えるかどうかは判りませんが」

こうした二、三のやりとりのみで、実にあっさりとご住職は山を下りることを許可してくれた。彼もまた、静かな言葉と表情の裏側に、不動明王の憤怒を抑え込んでいるのかもしれ

なかった。

とはいえ、人様の店を事務所代わりに使って、一杯のビールも注文しないでは、さすがに気が引けた。ビールを二本ほど、それに適当に肴を見繕《みつくろ》うようにと、大将に注文すると、途端に折原の機嫌が晴れマークに変わった。つくづく現金で、しかも意地汚い性格であるとしかいいようがない。

「友原鮎末さんの遺体を発見したのは、近くの路上生活者よ。ゴミ置き場に分別保管されている空き缶を、ごっそりと持ってゆくのが目的だったみたい」

「そんなん持ってって、どないするの」

「このところアルミは高値で取り引きされている。だから空き缶は、今や彼らの生命線になっているのよ」

「ええこと、聞いたわ」

「いつか役に立つかもしれないって？　ようやくいつもの獣《けだもの》アルマジロに戻ってきたみたいじゃない」

「ほっとけ、調子合わせたったるだけや。それで続きを」

いつもならきちんと分別されているはずのゴミ置き場内が、ひどく散乱している。路上生活の紳士はそれを憂いながらも、目的の空き缶蒐集に余念がなかった。ところがそのうちに、彼はとんでもないものを発見してしまう。汚物と汚物の隙間から、どうやら人の手首らしいものがのぞいている。それが「らしい」ではなく「そのもの」であり、そして手首以外の他のパーツが一つとして欠けることなくきちんと揃った、完全な人体であることに気づくのにさしたる時間はかからなかった。

「それでよう、警察に届ける気ィになったな。空き缶かて立派な窃盗やろ」

「折悪しく、朝のパトロール中の制服君がね、通りかかっちゃって」

「そら、不幸やなあ」

彼女――友原鮎未が発見された状況はそれでよく判った。

「で、彼女が着ていた衣類は？」

「ジーンズに長袖の茶のTシャツ」

「長袖って……まだ夏真っ盛りやン」

「五山送り火前後は、もう夜秋《よるあき》だもの」

夜秋とは、いくら日中が灼熱の炎天下であっても、夜になると仄《ほの》かに涼しさが感じられるようになる、この季節を指し示す言葉である。京都に詳しい鮎未が、それを知ったうえで長袖を用意していたことは十分に考えられる。

「所持品から失《の》うなったものは」

「財布の中身が、ごっそり。小銭もなかったそうよ」

「ということは、物取りの仕業か。それにしてはやり方が荒っぽすぎる」

普通、物取りはいきなり獲物の首を絞めたりはしない。

「確かに、物取りを装っただけかもしれない。あるいは、行きがけの駄賃で……」

その言葉が、再び僕の表情を硬直させた。耳の裏側にかっと血が上り、普段は理性で十分に抑えているはずのかつての職業モードに、我知らずのうちに切り替わりそうになった。それをようやく抑えることができたのは、「大丈夫だよ」という、折原の一言があったからだ。

「彼女、その、暴行の形跡は一切なかったって。着衣も、ゴミにまみれて汚れてはいたけれど、決して乱れてはいなかったそうよ」

「さっ、さよか。ならええねんけど」

「ただ、絞殺という手口から見て、犯人が顔見知りである可能性は考慮すべきかもしれない」

「犯行当夜の彼女の足取りは、どや」

「それは目下捜査中。ただ、送り火を京都タワーから見ていたことだけは確かみたい。彼女のジーンズのポケットから、当夜の入場チケットの半券が見つかったって」

「なるほど、十分に考えられるな」

五山送り火は京都のゆく夏を惜しむ行事だが、《大文字》《妙法》《左大文字》《舟形》《鳥居形》の五つの送り火を一望にできるポイントは、意外に少ない。京都タワー、駅ビルなどはその数少ないポイントの一つだが、いずれも超がつくほどの人気スポットで、たとえ鮎未が運良く入ることができたとしても、周囲が彼女のことを覚えている可能性は極めて低い。

「とすると、や。彼女はタワーを出てすぐに殺害されたか、あるいはどっか別の場所で縊《くび》り殺されて、あの場所に運ばれた、いうことになるな」

「けれど、死亡推定時刻を考えると、範囲はそれほど広くないわね」

送り火の点火は午後八時。大文字にまず点火され、順次約十分おきに他の山が点火される。送り火を見ることのできる時間はせいぜい三、四十分といったところだろうか。

「送り火の最中なら、あるいはタワーの中でだって殺害は可能かもしれない。だって人の耳目はすべて五山に集中しているもの」

「それは違うな。そう、彼女の遺体はもっと別のところにあったはずや」

「どうしてそんなことが断言できるの」

「ゴミや、ゴミ。彼女の遺体はゴミに埋もれるように放置されていた。タワー内の飲食店そのほかのゴミが出されるんは、たぶん深夜になってからやろ」

「ああ、そうか！」

それまでは友原鮎末の遺体は、別の場所にあったはずだ。ゴミが完全に出された後、改めてゴミ置き場に運ばれたのである。五山送り火が終了するのは午後八時半過ぎだ。死亡推定時刻から計算して、二十分以内で行ける範囲の場所が犯行現場ということになる。

「タワーのどこかに遺体を隠しておいたとか」と、折原はあくまでも自説にこだわりを見せた。

「どっか、て、どこや」

「あそこは結構パラレルワールドしているから、いろいろと隙間はあるはずよ」

折原のいわんとするところはよく判る。地下三階の《タワー浴場》から始まって、京都の名産品売場、書店、占い所、食堂、展望台と、ありとあらゆる通俗性がおしくら饅頭をしつつ存在しているのが京都タワーだ。どこにアナザーワールドの入り口があっても不思議はない。

「せやけどな、遺体の運搬はどないすんねん」

「それは！」

従業員以外には誰もいないタワー内を、遺体を背中に担いでゴミ捨て場へと移動することは果たして可能だろうか。よしんば従業員に変装して、と考えたときに僕と折原は同時に手を打った。

「つまりは犯人が従業員だったら！」

「ゴミ置き場に遺体を放置したんは、それ以前に遺体がゴミ用のポリバケツに隠されていたから！」

推理としては完璧、のはずだった。

だが。翌日再び十兵衛を訪れた僕は、カウンターで黙然とコップ酒をあおる折原けいの姿を発見した。この世に面白きことは一つとして無し、と問わず語りの空気を全身にまとっていることは、一目瞭然だった。

「どないしたんや。おもろないて、顔して」

「どうしたもこうしたもない！」

コップの中身を半分ほど空けた折原が、憤怒の形相で僕を睨《にら》み付ける。そのまま踵を返そうとしたが、「座りなさい」と一オクターブ低い声でいわれて、仕方なしにそれに従った。座るとすぐに「ご相伴《しょうばん》に与ったって」と、大将が折原と同じ飲み物を差しだした。

コップ酒。これほど殺伐として、なおかつ人生に悲哀を感じさせる酒を、僕は他に知らない。ひとくち冷や酒を舐めて、

「京都府警の碇屋はんに、昨日の話、持っていったんちゃうんか」

「持っていったわよ。ついでに『市民としての当然の義務です。感謝状はいりませんわ』って、余計な一言まで添えて。そしたらあの税金泥棒、鼻で笑って思いっきり小馬鹿にしやがんの。あったまくるなあ」

「そうか、僕らの推理は見当違いやったんか」

「事件当日、最後にゴミを出したのがタワー内レストランの従業員で、時間は午後十一時半過ぎ。その時点で彼女の遺体はなかったと、彼が証言しているの」

「当然の事ながら、警察は彼の身辺調査を行った」

「被害者との接点無し。おまけに彼女の死亡推定時間には、ちょうどレストランが混雑していたために アリバイも完璧。彼がレストランから一歩も出ていないことは、多くの従業員が証明している、というわけ」

これが飲まずにいられるかといいたげに、折原がコップの中身を飲み干した。すぐにおかわりが注がれる。

「おまけにあの税金泥棒め。このわたしになんといったと思う。この、みやこ新聞文化部にその人ありといわれた折原けいに向かって、よ」

そんなところで自分を美化しなくても、という言葉はどうしても唇の外に出すことができなかった。

「お嬢さん、探偵ごっこも良いけれど花嫁修業も大切ですよ、だって」

どうやら、友原鮎末に究極の理不尽を強いた輩に正義の鉄槌を下し、彼女の無念を晴らすのはまだ先のことらしい。

(三)

『逝く夏や鮎跳ね躍る夜の湖《うみ》』

たぶん、鮎末の作った句だろう。

「これ、どういう意味でしょうか」

ご住職に尋ねてみたが、色好い返事はなかった。

「どういう意味と、問われてもね。さて句自体がええもんか、そうでないのかわたしにはよく判らへんけど」

「そうですか」

僕たちが顔をつきあわせ、首を捻《ひね》りながら見ているのは、彼女が残した簡易日記のコピーである。

折原けいが十兵衛で大荒れした夜のことだ。僕が改めてこだわったのは、果たして鮎末が本当に京都タワーで五山送り火を見たのか、その一点だった。「どうやら府警は重大な証拠を握っているらしい」と、教えてくれたのは折原だった。それが、彼女が書き残した簡易日記だったのである。府警の碇屋警部にかなり執拗に頼み込んだらしいが、実物は見せてもらえなかったようだ。もちろん、コピーなど許してくれるはずがない。同じみやこ新聞の社会部記者が、内部ルートを駆使して手に入れたものの「こいつがまた、ひねくれた性格で、どうしても見せてくれない」と折原はこぼした。

僕にとってはそれだけで十分だった。

なにも大銀行の金庫室に忍び入るわけではない。たかだか新聞記者が秘匿する資料くらい、特殊能力の一部を使うだけで簡単に手に入れることができる。
鮎末が残した十六日の日記には、確かに、
『朝食　ホテルバイキング
昼食　河原町レストランRにて、ボンゴレ
二十時より、大文字送り火』
の記述がある。「大文字送り火」という記述の次の行に書き残されたのが、「逝く夏や〜」の句である。
「まあ、普通に考えたら京都市内の夜景が、まるで鮎が跳ねるように見えた、という意味やろね」
「ええ、それに、ちゃんと五山送り火の記述がありますし、それやこれやで府警は彼女が京都タワーから送り火を見たと判断したようです」
「それにしても、鮎跳ね躍る、とは、また奇抜な発想やな」
首を捻るご住職に、僕は日記の一部を指し示した。鮎末が大悲閣を訪れた翌日、十四日の日記である。
『朝食　喫茶店にてモーニング
昼食　貴船川床《きぶねかわどこ》にて鮎づくし　美味！
十九時より赤川真一《あかがわしんいち》氏と夕食

夕食　蕎麦屋Tにて』

鮎末はこの日の昼間に、貴船神社近くの料亭で鮎料理を楽しんでいる。この季節、ねっとりとからみつく熱気に覆われた市内と違って、貴船の川床は涼気溢れる別天地だ。

「なるほど、それで鮎のイメージが彼女の頭の中に」

「もちろん、自分の名前もまた、鮎ですから」

「ところで、この赤川真一とは、どないな人物やろ」

「それについては、府警も調べているようですが、なにせ名前だけでは、いかんともしがたいようです」

犯行の二日前ということも、府警の動きを鈍くしているようだ。要するに東京から遊びにやってきた女子大生が、地元市民の若い男にナンパされて食事を楽しんだ、くらいの認識しかないのだろう。

「君は、どう思てはるのや」

「かなり重要な人物であると思われます。少なくとも彼女が、軽率に見知らぬ男の誘いに乗るとは思われません」

「あるいは、男の誘いがよほど魅力的であったか」

「といいますと」

「彼女は熱狂的な京都ファンや。『地の人間しか知らん、穴場を教えてあげる』とでも誘われたら、どやろか」

「けれど二人は蕎麦屋で食事をしていますよ」

「わたしがいうたんは、あくまでも仮説や」

とはいっても、と僕は考え込んだ。赤川某が重要な人物であるとしても、広い京都でこの男を捜し出すことは、限りなく難しい。僅かな手がかりでもあれば、なんとかしてみせるのだが、名前だけではどうしようもない。男が市内在住ならばまだしも、府内、あるいは大阪圏内まで範囲を広げるとなると、絶望的としかいいようがないのである。

「大きな謎が、もう一つ残っているね」

ご住職の言葉に僕は無言のまま頷いた。

そう。事件当夜の彼女の足取りはもちろん重要だが、大切なのは、

「彼女がなんで殺害されな、あかんかったか、ですね」


建設当時から、京都タワーの評判は市民の間ではすこぶる悪かったらしい。京都の景観を破壊するシンボルの如く扱われていたと、複数の記録、書籍には記されている。

「もっと過激な人になると『有識者や心ある市民の間では、京都にはおよそ不似合いな、俗物的な開発の代表として嫌われている』とまで、言い切っているもん」

京都タワー内、案内所の前で折原がバッグから取りだしたコピーを読み上げた。なにも案

内所のお姉さんがいる前で、とも思ったが、入場チケットの自動販売機の横で漫画めいた笑顔で出迎えてくれる舞子はん人形を見ると、なにもいえなくなった。確かに露悪趣味としかいいようのない、これを見ただけで千年都市のイメージをぶち壊すのに十分過ぎる効力を、人形は秘めている。

「つまりは、京都タワーを不快に思わん輩は、真っ当な市民ちゃう、といいたいわけやね」

「まさにその通り」

チケットを購入した僕たちは、そのまままっすぐに展望台へと向かった。

午後七時をとうに過ぎているから、眼下に広がるのは京都の夜景である。友原鮎未が「鮎跳ね躍る」と言い表した、その光景が、僕たちの前に広がっている。

「確かにこうしてみると、なかなかの夜景だよね」

「これが、夜の湖に跳ね躍る鮎の群れ、なあ」

確かにきらびやかで、幻想的といえなくもない世界である。だが無数の光の粒子が水の中に躍る銀鱗には、僕には見えなかった。これを想像力の欠如といわれてしまえばそれっきりだし、感性の違いとなると反論のしようがない。

「せやけど、なんや違《ちご》てる気がするわ」

「わたしもそう思う」

「せやろ。ほんまに彼女、ここから送り火を見てたんやろか」

京都タワーに折原を誘ったのは、別に二人で夜景を眺めるためではない。展望台に上がる前に、鮎末の足取りをタワー内に勤務する人たちに確かめたかったからだ。こうしたときに役立つのが折原けい、というよりは彼女が所有するみやこ新聞の名刺である。一般の人々は彼女が所属する部署が文化部であろうが社会部であろうが、気になどしないものだ。新聞社に勤務しているというだけで、なんの疑いもなく口を開いてくれる。

「そうねえ。彼女のこと、誰一人として覚えていなかったもの」

「そら、送り火の夜はごった返すわ。けど一人もいてへんちゅうのは、こら、おかしいで」

「といっても、彼女のジーンズのポケットに、入場チケットの半券があったことは確かだし」

書き残した簡易日記にも五山送り火の記述と、その光景を詠んだであろう句が残されている。完全に手詰まりとなったことを認めたくなくて、僕と折原は二人して唇を引き結んだまま、夜景を凝視した。

その時だ。すぐ横を通り過ぎていったカップルの片割れ、ティーンエージャーにしか見えない女の子が手にした煙草の火口が、僕の肘あたりをかすめていった。熱い、どころではない。思わずうめき声を上げると、

「ごめんなさ〜い。おじさん」

反省も後悔もまったく感じられない反応が返ってきた。ついでに隣の坊やが「謝ってるン

やから、これ以上うるさいことゆうなや」と、本人は十分に凄《すご》みを利かせたつもりのガンを飛ばしてくれた。精神のモードによっては、俊速の動きで二人とも張り飛ばすところだが、折原の前では、その姿を見せるわけにはいかない。「気にせんで、エエよ」と、作り笑いで二人を見送るしかなかった。

「一言いってやればいいのに」

「ま、ええやないの」

「最近は若い女の子の喫煙マナーがなっていないのよね。どこかのモデルじゃあるまいし、身体の外側に火口を向けるんじゃないっつうの」

「そういえば、ここ禁煙とちゃうか」

「さあ、どうだったっけ。それよりも歩き煙草ってのがね」

そういった折原が、ふと言葉を止めた。

「どないしたん」

「そういえば例の女子大生。彼女も相当なヘビースモーカーだったみたいね」

「なんや、急に。なにを根拠にそないなこと」

「だって府警の税金泥棒がいってたよ。彼女の所持品の中に吸い殻入れがあったって」

「吸い殻入れって、こんなんか」

僕は手にしたサイドバッグから、駅の売店で売っている吸い殻入れを取りだした。一見小銭入れのようにも見えるが、内側にはアルミのコーティングが施されている。たとえ火がついたままの吸い殻を入れても、チャックを閉めてしまえばたちまち火が消える仕組みだ。喫煙者にとって住みづらい世の中となった昨今、最低限のマナーとして僕も持ち歩くようにしている代物だ。

「それよ、それ」

「こいつを持っているとなると、確かに相当な喫煙者だな。灰皿のない場所で喫煙を我慢できない、なによりの証拠だ」

だが、大悲閣に滞在した何時間か、ついに彼女が煙草をくわえることはなかった。

「我慢してたんじゃないの」

「我慢でけへんから、こんなもんを持ちあるくんや」

「そうだよねえ」

友原鮎末が喫煙常習者であろうがなかろうが、事件とはなんの関係もない。にもかかわらず、僕は理性のどこかに引っかかる棘を感じていた。長きにわたり、裏の世界に生きてきたことで培われた嗅覚が、この点を見逃すなといっているのである。

（四）

果たして友原鮎末は喫煙常習者であったか否か。答えは否。立川市の実家に折原が電話をかけ、直接母親から話を聞いたのだから、たぶん間違いない。

「府警の碇屋警部にも確認をとりました。彼女が所持していた携帯用の吸い殻入れには、使用した形跡が全くなかったそうです」

「すると、どうなるのやろ」

「彼女は別の目的で、吸い殻入れを購入したのでしょう」

「ふむ、ますます謎が深まってゆくね」

考える時間は十二分すぎるほどあった。

その夜。何気なくテレビを見ていると、奈良東大寺《とうだいじ》のお水取りの映像が流れ始めた。どうやらなにかのドキュメンタリーらしい。お水取りは奈良に春を告げる、一大イベントである。二月堂《にがつどう》の回廊を巨大な松明《たいまつ》が駆け巡り、そこから降りかかる火の粉を浴びると、一年無病息災でいられるという。そんなナレーションを聞くうちに、僕の頭の中で一つの言い伝えが甦った。

ご住職が居住する方丈へと向かい――といっても廊下にして三メートルもないのだが――

「お願いいたします」と作法通りに声を掛けた。

「おはいり」

「いえここで結構です。たった今、東大寺のお水取りの行事をテレビで流しておりました」

「おお、わたしも見ておったよ」

「確か、松明の火のこととは別に、燃えかすを持ち帰ると、御利益がさらに増すという話を聞いたことがあるのですが」

「たしかに」

「同じような民間信仰が、京都にもあったと記憶しておりますが」

「うむ、ある。そうか有馬君、君はそこに目を付けたか」

「つきまして明日より、また三日ほど」

「好きにしたらエエ。今度こそ友原鮎未さんのご供養を」

「はい、きっちりと済ませて参ります」

翌朝。まだ暗いうちに僕は山を下りた。


「どうしたの、急にハイキングだなんて」

「黙ってついてきたらよろし」

僕と折原は、銀閣寺に隣接する八神社から、鬱蒼《うっそう》と濃い緑に覆われた山道へと分け入った。

山道とはいっても、よく整備されたハイキングコースで、傾斜にはきちんと段が刻んである。

「このコースは」といいながら、折原は早くも息を荒くさせている。

　気づかぬうちに精神のモードが切り替わってしまったらしい。こうなると僕の身体能力は通常人のそれを遥かに凌《しの》ぐ。なにせかつては関西一円を荒らす、怪盗だったのだから。

「ちょっ、ちょっと待ってよ、有馬次郎」

　悲鳴のような折原の声を無視して、僕は歩き続けた。これくらいの傾斜など平地と変わりない。歩みはやがて小走りへとかわり、ついにはほとんど山を疾駆する獣の足取りとなった。

　やがて深い緑を抜けると、そこは山の傾斜に描かれた大文字の第一画目にあたる場所である。市内を一望する景色を眺めていると、遅れること約二十分で、折原がようやく到着した。

「あっ、あんたわたしを殺す気」

「オーバーな」

「こんな所で死んだら、絶対に恨んでやる。恨んで恨んで、大悲閣に毎晩出没してやる」

「ご住職がなんとかしてくれるやろ、そうなったらなったで」

「で、ここがいったい」

「せっかく事件に関わったんや、見たいに違いないと思てね」

「ここを、どうして？」

「ここが本当の殺害現場やもん」

僕の一言で折原の顔色が一変した。

「へっ？　アルマジロ、今あんた、なんていったの」

「有馬次郎や。ここで友原鮎未は殺されたんや。犯人に『地元の市民でも滅多に見られない、大文字を見せたげよか』とかなんとかいわれてなあ。京都がえらい好きな娘《こ》やったから、一も二もなく誘いにのったんやろ。まさか自分が殺されるとは夢にも思わんで」

「どういうことよ」

あらゆる謎を突き詰めてゆくと、犯行現場はここ以外には考えられない。そういっても折原は理解不能を如実に示す表情を、変えることはなかった。

「一つ目の謎。どうして彼女は長袖のTシャツを着ていたのか」

「そりゃあ、夜秋のことを知っていて」

「否。彼女が着ていたTシャツは東京から持ってきたものではなかった。すなわちこちらで購入したもんや」

「別におかしかないじゃない」

「二つ目の謎。彼女はどうして吸いもしない煙草の吸い殻入れを所持していたのか」

「………」

「三つ目の謎。ただの夜景が、どうして彼女の目には『鮎跳ね躍る』姿に見えたのか」

「ちょっと待ってよ」

「四つ目の謎。どうして彼女の遺体は、京都タワーのゴミ置き場に捨てられなければならなかったのか」

「有馬次郎。あんたいったい」

「長袖のTシャツを着ていたのは、あるものから腕を保護するため。判るな、つまりはこの近くにいたら大量に浴びることになる火の粉だ。吸いもしない煙草の吸い殻入れは」

「そうか、送り火の燃えかすを、それもまだ火がついているかもしれない燃えかすを拾って持ち帰るため」

　奈良の二月堂と同じく、五山送り火の燃えかすを持っていると、一年無病息災でいられると、京都ではいわれているのである。

「三つ目の謎は、簡単だろう。夜の湖に鮎の銀鱗が跳ね躍って見えたのは」

「フラッシュだわ。観光客が送り火を撮影するために向けたカメラの！」

　八時の点火をきっかけに、市内のあらゆるところから送り火にカメラが向けられる。そのほとんどがフラッシュ内蔵の自動カメラだから、撮影者の意図とは関係なく無数の、それこそ何万、何十万のフラッシュの光が夜の闇に瞬くことになる。しかもフラッシュの光は極めて直線光に近い光だから、唯一、一般人の入山が可能なここ大文字山以外の場所で、その瞬くような煌《きら》めきを見ることはできない。光に直面したこの場所でこそ、フラッシュは夜の湖を跳ね躍る鮎の銀鱗に見えるのである。

「でも……送り火の夜は入山禁止のはずでしょう」

「それが四つ目の謎の答えや。犯人はどうしても友原鮎未が京都タワーで送り火を見、そのすぐ近くで殺害された挙げ句にゴミ置き場に捨てられたことにしたかったんや」

「死亡推定時刻から計算して、殺害現場は京都タワーから二十分で移動できる範囲でなければならない。そうよ、犯人がもしも大文字山にいたとしたら、犯行はまったく不可能になる。あの夜は道路事情も最悪だったもの。とすると」

「犯人は鮎未を自由に大文字山に入山させることができ、しかも彼女が京都タワー周辺で殺害されたとなると、完璧なアリバイを作ることができる人物。それはすなわち」

「送り火関係者！」

「ゴミ置き場に放置したのには他にも理由がある。ゴミ箱から入場チケットの半券を探すことなど容易《たやす》いことやろうし、なによりも、送り火の火床近くにいれば大量の煤《すす》を浴びてしまう。その匂いを消すことが目的やったというわけや」

「なんて酷《ひど》いことを」

「ああ、酷い、これ以上ないほどに酷い」

そういいながら、僕は我知らずのうちに、涙を噴きこぼしていた。

——本当に酷いのは。

友原鮎未が殺害されなければならなかった、その理由だ。

「ねえ、どうして犯人は例の日記を破棄するか、奪っていかなかったの。あんなものがあるから、京都タワーで送り火を見ていたかのような工作をしなきゃいけなかったんでしょう。逆に考えれば、あれさえなければもっと簡単なアリバイ工作ができたはずなのに」

その答えこそが、彼女を死に至らしめた動機でもある。

けれど僕は、折原にそれを告げることはしなかった。口にした瞬間、きっと膨れ上がるであろう殺意を抑えることができそうになかったからだ。

「……折原」

「判ってる。わたしはこのことを府警の税金泥棒に伝えればよいのね」

ああといって、僕は一人の男の名前を口にした。きっとその名前は関係者の中に実在している。そうでなければアリバイ工作の意味を成さないからだ。「後は頼む」といって、一人山を下り始めた僕は、完全に心と身体のモードを切り替えていた。

（五）

《俺》は、その部屋の主の帰りを、暗い部屋の中で待ち続けた。かつての職業経験から、待つことは少しも苦にはならない。待っていれば必ず獲物はやってくる。その確証があるのに、焦《じ》れる必要がどこにあるだろう。

事実、リビングのソファに腰をおろしたまま三時間も待たないうちに、ドアの外側で鍵穴を探る音が聞こえた。続いてドアを開ける音。廊下を歩む音。リビングのドアを開ける音がして、室内の明かりが点灯した。

「お帰り、赤川真一さん」

「お前、誰だ、いったい！」

夜秋とはいってもまだまだ表は暑いというのに、仕立ての良さそうなスーツを一分の隙もなく着込んだ赤川真一が、驚愕《きょうがく》を隠せない声で悲鳴を上げた。無理もない。俺は顔をすっぽりと目出し帽で覆っていたし、いつもの下手くそな京都弁も胸の奥深いところにしまい込んで、すっかりかつての職業モードに戻っていた。

「別に、たいした用じゃない。泥棒でもないし、あんたに危害を加える気もない。ただちょっと忠告しておきたくてね、推参した次第だ」

「なにを訳の分からないことをいっているんだ。警察を呼ぶぞ」

「ご心配なく。あと二時間もすれば、ここに来る手筈《てはず》になっている」

途端に、赤川の顔色は蒼白になった。犯した犯罪の重さの割に、神経は細くできているらしい。「なんで、警察が」という声には、明らかに怯えが感じられる。

「それはあんたが一番よく知っているはずだ」

「わたしには……なんのことだか」

「とぼけちゃいけない。あんた、五山送り火の夜、大文字が燃えさかる山中で友原鮎末を縊り殺しただろう」

「知らん、そんなことは知らん」

「嘘が下手だな」

　そういって、俺は大文字山で折原に聞かせた推理をもう一度繰り返した。だが、赤川の神経はそれくらいで屈服するほどには脆《もろ》くはなかったらしい。「それがどうした」と、わずかに余裕を取り戻した声で嘯《うそぶ》いた。

「彼女が大文字山で殺害されたことはほぼ間違いない。点火の準備をしながらお前は彼女を山中に呼び込んだ。ルートなどいくらもある。ましてやお前は送り火の関係者だ」

「勝手な推測だな」

「そして点火だ。他の火床の担当者も、自分の火の管理に耳目は集中させているから、お前一人が僅かな時間いなくなっても、誰も気づかない。そうしてお前は鮎末さんに近づき、絞殺したんだよ。遺体はどこかの藪にでも隠しておいたのだろう。送り火終了後、人々が全員山から離れた後、引き返してきたお前は彼女の遺体を京都タワーへと移動させたんだ」

「まったくおかしな事をいう」

「じゃあ、彼女の簡易日記にお前の名前が記されていたのは、偶然か」

　俺はそういって、彼女の日記のコピーを赤川に差しだした。

だが。

「もちろん偶然だ。彼女とは河原町のバーでたまたま出逢い、意気投合しただけのことだ。確か十三日の夜のことだった。それで翌日の夕食を一緒に取ることにした。ただそれだけの関係だ」

「ということは、お前は確かに十四日の夕食を彼女と一緒にしたと」

「ああ、その後のことは聞かないでくれ。大人のプライベートな関係という奴だ。死者を冒《ぼう》瀆《とく》する気にはなれんし、それにわたしにだって知られたくないことはある」

　その言葉が終わる前に、俺は跳躍と同時に赤川の首筋にスタンガンをあてていた。その身体が二度三度とバウンドし、白目をむいて気を失った赤川の腹を蹴り上げた。呻き声とともに、口から白い泡状のものが流れ出た。けれどそれでも俺の怒りは少しも収まらないばかりか、かえって増幅する一方だった。ご住職には申し訳ないが、この外道《げどう》をこの世から抹殺したいと、半ば本気で思ったほどだ。

「ようやく判ったよ。これまで確信が持てなかったことが」

「……なんのことだ」

「友原鮎末がなぜ殺されなければならなかったのか」

「そんなこと、わたしが知るものか」

「貴様、十四日の午後七時、どこにいた」

「だからわたしは彼女と約束をして。ほら日記に書いてあるだろう、二人で蕎麦屋に行ったんだ」

「嘘だな。貴様は蕎麦屋には行っていない」

「だが、彼女は日記にそう書き残している」

「お前が書かせたんだ」

「人にいわれたとおりに日記を書く馬鹿など、いるものか。ましてや事実と違うことを」

「いいや、これが単なる簡易日記でなければ十分に可能だ。これは彼女の旅日記であると同時に、行動予定表でもあったんだ」

　それには二人のやりとりが手に取るように再現できた。たぶん、二人が出逢ったのは赤川のいうようにどこかのバーだったのだろう。そこで赤川は友原鮎未が簡単な旅日記をつけているることを知る。その時だ、こいつの頭の中である計画が生まれたのは。

『へえ、京都が好きなんだ。でもこの街は奥が深いからね』

『そうですね、何度来ても厭《あ》きません』

『観光では絶対に見られない五山の送り火を見せてあげようか』

『というと』

『大文字の山の斜面から見る他の山と、そして夜の街』

『そんなことできるんですか』

『だってわたしは送り火の関係者だもの』

『そうなんですか。嬉しい』

『その代わり一つ取り引きをしよう。なに簡単なことさ、明日の夜、わたしと一緒に食事をすること。もちろんわたしがおごるよ』

『あの……』

『下心はない。ただ一人で食事をするのに厭きただけさ』

おおかたこんな会話が交わされたのではないか。結局、大文字山からの景色を見たくて、鮎末は食事を承諾したことだろう。

「そしてお前はいったんだ。『忘れないように、ちゃんと予定を書き込んでおくんだよ。《十九時、赤川真一氏と夕食》とね。』彼女はそれに従った。翌日の朝食、昼食の記録を残すために、わざと二行ほどあけてな」

「いい加減にしてくれ。どうしてわたしがそんなことをしなければならない」

「その時間に、彼女と食事をしていたという確固たるアリバイが欲しかったからだ。約束は当日、時間ぎりぎりに断りの電話でも入れてキャンセルすればいい。ついでにいったんじゃないのか。近くにおいしい蕎麦屋があるから、行ってみてはどうかとでも。送り火前後の京都の夜はどこも観光客で一杯だ。中でもガイドブックに必ず載っていそうな有名店を紹介すれば、店員の記憶もひどく曖昧《あいまい》なものとなる」

「アリバイ？　そりゃあ、いったいなんのことだ」

といいながら、再び赤川は顔色を変えた。

今度はこめかみに拳《こぶし》を振るった。それも一度や二度ではない。次に腹部に肘打ちを。口から大量の吐瀉物《としゃぶつ》が噴き出てカーペットを汚したが、どうせこの男が二度とこの部屋に帰ってくることはない。気にせずにもう一度肘打ちをくれた。今度は黄色い液体が噴きこぼれた。

赤川がどうしても欲しかったアリバイ。それは鮎末殺害のアリバイであると同時に、この男が十四日に犯した全く別の犯罪のアリバイであったはずだ。

「最初から気になっていたんだ。どうして犯人は鮎末の旅行日記を取り上げなかったのか。あれさえなければ、無理に遺体を京都タワーのゴミ箱に運ぶ必要などなかったんだ。別のゴミ置き場でも良かったはずだ。明らかに五山送り火を見たという記述が残っている日記を、お前はどうしても遺体の傍に置いておきたかった。なぜだ。そこにはお前の十四日のアリバイを証明してくれる記述も書き残されていたからだ」

同時に、だからこそ彼女は殺害されなければならなかった。十四日の夕食の約束が、反古《ほご》になったことを彼女の口から証言されては困るからだ。

「彼女を殺害してまでもアリバイを必要とする犯罪。それは殺人以外にはあり得ない。未《いま》だ遺体が出てこないところを見ると、どこかに隠してあるのだな」

「……………」

そして遺体には、ごく簡単な操作で死亡推定時刻が判明する仕掛けが、施されているのだろう。あるいは現在の科学捜査をもってすれば、それくらいのことはすぐに判ると読んだのかもしれない。

「すべては机上の理屈だ。お前の妄想だよ」

「そうかな。お前、ゴミ箱に遺体を放置することによって、彼女の衣服に染み付いた匂いを消したつもりになっているだろう。だがな、そんなことであの猛烈な火床の痕跡は消せるものじゃない。彼女の衣服にはたっぷりと火床から舞い上がった煤がこびりついていることだろう。もちろん、例の日記にも、な。最近では煤の粒子一粒からだって、その組成から成分まで分析できるそうだ」

「嘘だ、そんなこと！」

「嘘だと思ったら、もうすぐここにかけつける警察官に聞いてみるんだな。大文字山の火床から採取した煤の成分と、友原鮎未の衣服から検出された煤の成分とが一致したところで、お前はお終《しま》いだ」

俺の言葉を待つかのように、サイレンを鳴らしながら近づく車の気配が部屋に伝わった。

部屋を出ていこうとして、俺は一つ言い忘れたことに気がついた。

「そうだ、忠告するのを忘れていたよ」

「なんだ」

「絶望して、自殺なんかするんじゃないぞ。お前は何十年も鉄格子つきのワンルームで日々を過ごす義務があるんだ。そうして自分の愚かな一生を死ぬほど後悔しなきゃいけない。だから絶対に自殺なんかするんじゃないぞ、いいな」

俺はそれだけ言い残して部屋を出た。

再び我が大悲閣に平穏な、ということは暇を持て余す日々が甦った。

いつものように竹箒を使っているところへ、けたたましくも「アルマジロ〜」とやってきたのは、折原けいだった。

「有馬次郎やて」

「どっちでも変わりないじゃん。ところであの赤川とかいう男、捕まったって」

「すべては、御仏のお心のままに」

「おまけにね、自宅のガレージから愛人の死体まで見つかったんだって。許せないよねえ。なにが悔しいって、友原鮎未って子、その事件のアリバイづくりに利用されたんだって」

被害者の腕には壊れた時計がはめられていたらしい。

――なるほど、それで死亡推定時刻を確定するつもりだったか。

「あんな悪党には極刑を以って臨むべきよね」

「仏に仕える身としては、どうにもなあ」

「なによ、善人ぶっちゃって。あんたみたいな偽善者がいるから、いつまでたっても悲劇がなくならないのよ」

そう、絶対に許されるはずもない悲劇である。

——だからこそ、僕もご住職も……。

「いってやったわよ。京都府警の間抜け揃いにしては首尾がよろしいことって。どうやら匿名のタレコミがあったみたい」

そういいながら折原が、なにかを探る目つきになった。

「あのねえ、アルマジロ。もしかしたら匿名の電話って」

「野に慧眼《けいがん》あり、ちゅうことやね」

「怪しいなあ、そんな言葉遣いをするときは、必ずなにかを隠しているときなんだ」

「うっ……」

折原がうちの馬鹿犬タロウよろしく、僕のまわりをぐるぐると回り始める。

「もしかしたらさあ、この京都には密かに悪党を退治する秘密組織があったりして」

「なんやそれは。テレビの見過ぎやで」

「ンでもって、組織の元締めがここのご住職だったりするの」

「じゃあなにかい。僕はご住職の命を受けて闇に暗躍する、エージェントちゅうわけかい」

それはそれで悪くない。まあ、役どころとしてはちっと不満足では、あるが。

「そんなかっこいいものであるはずがないでしょう。あんたは単なる使いっ走り！」

「エエ加減にしや」

「冗談よ、冗談」

そういって折原けいは勝手に庫裡に上がり込み、貴重な冷やし抹茶をなみなみと茶碗に注いで、一気飲みした。すでに手には茶菓子が握られている。

「たまには、拝観料だけでエエから払《はろ》てや」

だが、返事はなかった。

不《ふ》如《によ》意《い》の人
裏京都ミステリー
大悲閣道

（一）

京都人が「白河《しらかわ》さん」の愛称で呼び慣《なら》わす白河上皇が、言い残したとされるのが「天下三《てんかさん》不如意《ふにょい》」。いわゆる「賽の目と鴨の流れ、僧兵ばかりは余の意のままにならず」というやつだ。

「これやけど、実は白河さんの嘆きではのうて、政治的プロパガンダ。あるいは公約のようなものやという人がおるて、知ってる？」

「……………」

「つまり、意のままにならんと皆が承知しているからこそ、我はこれを意のままにしてみせる。それができるンは現役の天皇はんではのうて、その上で院政を敷く我のみや、とね」

「……………」

全身の毛穴から不穏の気を噴き上げている人物のご機嫌を、少しでも穏やかにせんと軽口を叩き続けたつもりだが、効果がないばかりかまったく逆であったらしい。吊り上がった眦《まなじり》の角度はいよいよ鋭くなり、顔のフレームをいましも突き破りそうだ。

「あのね……折原君」

そう呼びかけても、応えは返ってこない。昼過ぎに我が大悲閣へとやってきてから、ずっとこの調子だ。もとより、綺羅錦秋《きらきんしゅう》の紅葉の季節を目前にした当山に拝観客など望むべくもなく、要するにいつもと同じ閑散とした状態なのだが、それでも寺男には様々な雑用が存在する。やってくるなり「不如意」と謎の言葉を吐きだし、以来、客殿に座り込んだまま全身から怒りの炎——たぶん、怒りではないかと推測するのだが——を噴き上げて一言をも発しない人物に居座られては、困るのである。存在そのものを無視して、自らの勤めに励むという考えがないではない。が、理性と本能の狭間で、

——ここで無視すると、後々厄介なことに立ち至る。

と囁《ささや》く声が聞こえるのである。こうした内なる声に耳を傾け続けたおかげで、かつて広域窃盗犯であった僕は、ただの一度も警察に検挙されることなく、今日を迎えている。ゆめゆめ己の内部に備わった警戒機能に逆らってはいけない、と常日頃から言い聞かせているものだから、こうして折原けいを持て余しているわけだ。

「だから、なにがどうしたんか、話してくれんとわからんやないの」

「……消えたの」

「なにが。もろたばかりの給料か。いや、それはないか。今時の企業は振り込みやろし」

握りしめたバッグから、折原が一枚のビラを取りだした。

『清和堂《せいわどう》大学文学部　秋期特別講座　現役作家に聞く！　創作の現場』

「特別講師が、水森堅《みずもりけん》って……」

　ビラの意味する内容は極めて明快だ。京福電鉄・竜安寺道《りようあんじみち》駅近くにある清和堂大学で、作家を招いて講演会を開くということだろう。下の部分に「共催・みやこ新聞社」とあるから、折原が所属する文化部が講演に一枚嚙んでいることは間違いない。すると特別講師の水森堅なる人物は現役作家ということか。いたずらに己の無知をひけらかすわけではないが、その名前は僕の記憶には登録されていない。

「もしかしたら、この水森とやらが、消えたんか」

　折原が、二度、三度と頷《うなず》く。それでようやく納得ができた。講演会の日付は明後日である。要するに講演直前に講師が突然失踪し、怒りと焦燥感に駆られた折原けいは、為《す》す術《べ》もなく大悲閣にやってきたということだ。それはそれで十分に迷惑では、あるが。

「それにしても水森センセというのは、どないな作品を書いてはんねん」

「ミステリー」

「まったく聞かん名ぁやな」

「ごく一部のマニアの間では、カルトな人気のある作家よ」

「ごく一部で、しかもカルトな人気て、それ、もしかしたら全くの無名作家やないか」

「ちゃんと賞だって取ってるもん。大日本バカミス作家協会賞」

「なんや、それ。賞自体、聞いたことないで。で、作品名は」

「鼻の下伸ばして春ムンムン」

「はい？」

「二度といわせないでよね。『鼻の下伸ばして春ムンムン』よ。ああ、口にする方だって恥ずかしいんだから」

「耳にしただけで腹立ちそうなタイトルやな」

その一作品でもって、水森某とやらが未来永劫メジャー路線を歩むことはないと、容易に察することができた。が、それはそれ、これはこれであって、彼がマイナーであろうとメジャーであろうと、折原の置かれた状況にはなんら変わりがない。

「当然の事ながら、代役なんて用意は」

「あるはずがないでしょう。渋る部長をようやくなだめすかして、共催という形に持っていったんだから」

「納得。ま、助けになるやならんやわからへんけど、前後の事情を話してみなはれ」

怒りをとうに通り越していたのか、今や半分泣きっ面の折原けいが、その口を開いた。

昨今のミステリーブームは完全に定着したようで、各大学でも「特別講座」の名目で、講演会を開くことが少なくないそうだ。特に秋は学祭の関連もあって、その機会が多くなるという。また京都は、ブームの火付け役となった何人かの作家が京都大学をはじめとして、いくつかの大学ミステリー研究会出身という事情もあって、その傾向がことに強い。清和堂大学も例外ではなく、今年の学祭ではどうしても現役のミステリー作家を招きたいと、強く要望していた。

とはいえ、同じ京都の別大学出身の作家では面白くない。が、同大学出身者には現役ミステリー作家がおらず、それならばいっそ関東から呼ぼうということになったのである。そこで白羽の矢が立てられたのが折原だった。彼女は清和堂大学の出身ではないが、文化部記者として、文学部教授の一人と繋《つな》がりがあった。ましてや日頃から自称・ミステリー界のご意見番を周囲に吹聴《ふいちょう》しているくらいだから、大学側としては都合が良かったのだろう。

ところが、である。折原の元にその話が持ち込まれたのはひと月ほど前のことだった。その時点ですでに有名作家の起用は不可能。たとえ一カ月前の依頼でも二つ返事で引き受けそうな、マイナー作家の選択を余儀なくされた。

「しかも、よ。なにか賞を取った作家であることが望ましい。ついでにいえば、なるべく講演料の安い作家を、ときたもんだ」

「なして、断らんかったん」

「文化部エースとしての、プ・ラ・イ・ド、よ」

それでようやく捕まえたのが水森堅であった。「はいはい、わたしでよかったらいつでも」

とえらく調子の良い返事をもらったときには、一抹の不安があったという。しかも一般の相場からはかなり低めの講演料を提示すると、一瞬絶句し、「いいんですか。一時間三十分の講演でしょ。そんなにもらっても」といわれたときには、折原曰く、

「半分くらい人選を間違ったかな、と思った」

そうな。

それでも交渉は無事成立し、自称・文化部エースのプライドは保たれたかに思われた……のだが、そうではなかった。当然といえば当然だが、大学側が「そんな作家は知らない」とだだをこね始めたのである。

「ははあ、それでみやこ新聞共催、ね」

「おまけに共催だからって、うちが講演料の半分持つことになったんだから」

私立大学の台所事情は、いずこも苦しいという。清和堂大学とて同じで、だからこそ学生を集めるためのアドバルーンとして、今回の企画が立案されたのであろう。詰まるところ、折原けいはそのプライドを実にうまく利用され、老獪《ろうかい》なる学校経営者側にしゃぶりつくされたということなのだ。

「で、水森が京都入りしたのが二日前」

「ずいぶんと早いンちゃうか。講演は明後日やろ」

「ついでだから、京都取材をしたいって。こちらも講演料を相当に値切った弱みがあるから、

まあ、その間のホテル代くらいは払うつもりだったのよ」

　ところが水森堅先生は、折原が考える以上にしたたかであった。みやこ新聞文化部へ顔を出すなり、「比叡山方面の取材をしたのですが、経費で落ちますよね」といって差しだしたのは一枚の領収書。

「それがね、比叡山は比叡山でも、ちょっと違う」

「もしかしたら御山をそのまま乗り越えて琵琶湖方面へ……」

「まさしくビンゴ！　しかも領収書の金額は八万円よ！」

　彼の地には、雄琴《おごと》と呼ばれる日本でも有数の歓楽街が存在する。バブル経済真っ盛りのイケイケどんどん時代ならばいざ知らず、この不況下で八万円は相当にレベルの高いお店で遊んだことになる。

「豪遊したんやろね」

「ずいぶんと、詳しいじゃないのよ」

「世間の一般常識ですう」

　さらに翌日、つまりは昨日だが、今度は寺町の古書店で買った資料四万円の領収書に、前夜食べたらしい会席料理の三万円の領収書が折原の元に届けられた。不謹慎とは知りつつも、

「やるなあ、水森センセ」

「笑い話じゃないわよ。『本来なら祇園《ぎおん》で遊びたかったのだが、さすがにそれは控えました』

だって」

「そら、ちゃうで。水森センセ、祇園に行ったは行ったにちがいない。そこで断られはったんや。良かったな、折原。ここが京都で」

「だから笑い事じゃない！」

問題はそこから発生した。ついでに清和堂大学へ翌日の下見に行って来ると出かけたまま、水森堅は姿を消してしまったのである。

「ホテルにも帰っていないし、連絡もないのよ」

「どこかで流連《いつづけ》、とか。ずいぶんと遊び好きみたいやし」

「それにしたって、連絡一つ寄越さないのはおかしいでしょう」

「まあ、まあ。いくらしたたかでも世間に名の通った、じゃなかった世間には名が通っていなくても一応はプロの作家なんやし。もう少し様子をみはったらよろし」

しかし翌日、一層の焦燥感を募らせ「やっぱり、行方不明みたい」と、恨みがましい言葉を垂れ流しにする折原を前に、僕も重い腰を上げないわけにはいかなかったのは、

「有馬と水森センセ、どことなく面立ちが似てるんだよね」

彼女が絶望と開き直りの狭間《はざま》に位置する不気味な笑みを浮かべ、とんでもないことを呟《つぶや》き始めたからに他ならない。

清和堂大学には、京都でも珍しい伝統工芸学部が開設されている。というよりはそれが私学としての売りで、他はどうやら「おまけ学部」と陰口をたたかれているという。「それでなくても、専門学校に毛が生えたようなものよ」という折原の一言に、彼女が学校サイドから受けた、「お願い」という名の非礼の数々を想像することができた。

中東様式を思わせる建物の前に立つと、入り口の左横に立て看板が設置されていて、『秋期特別講座　現役作家に聞く！　創作の現場』の文字が目に留まった。

「ここが講演予定の」

「そう、伝習館《でんしゅうかん》。構内で一番大きな講義施設よ」

最大収容人員は五百名というから、たいしたものだと感心していると、

「それくらいの施設を用意しないと、写真うつりが良くないでしょう」

「ああ、そやった。みやこ新聞共催やもんな」

けれど器ばかりが大きくても、人が入らなければ仕方がない。かえって貧弱な写真になるのではないかという質問には「すでに百五十ばかり仕込んである」との有益な返答があった。すでに百五十人態勢のサクラが用意されているということだ。どのような手段を駆使して集めたのか、については敢えて問わなかった。

ふと、草木特有の乾いた甘みと、酸味をぎゅっと濃縮したような匂いが、鼻腔に届いた。

「なんやろ、この匂い」

「ははん。これはたぶん藍染《あいぞ》め工房の匂いじゃないかな」

「そんなものが、なんであんねや」

「さっきから人の説明、まったく聞いていないでしょ。この大学には伝統工芸学部があるの。さらにそこには染色専攻課程があってね、ちゃんと正式な工房まで設置されているのよ、お判り、アルマジロ君」

「有馬次郎や。ふうん、それでこないな匂いが」

「藍染めに使う染料の匂いでしょう。前に別の工房で同じ匂いを嗅いだことがある。それよりも有馬、水森先生の足取りはどうなるのよ」

「たぶんセンセ、ここまで来たことはたしかや。自分の名ァが書かれた立て看板見て、それこそニヤア〜と笑うてな」

「そこまでは激しく同意。でも、それからどうしたと思う?」

「決まってるやないか。僕たちと同じ匂いを嗅ぎつけたセンセは、その元に興味を抱く。どれほど売れない作家であるとしても、そこは創作者の好奇心ちゅうやつが働くはずやで」

「あっ、そうか」

だからといって、水森先生の行方が突き止められるわけではないが、今のところは彼の足取りを正確にトレースする以外に、僕たちの取るべき道はない。誠心館、稟議館《りんぎかん》と名づけられた教場の建物をすぎると、染料の匂いがますます強くなる。

——………⁉

ほんの微《かす》かな、けれどまったく異質な臭気を感じて、僕はその場に立ち止まった。折原はなにも気づかないようだ。

精神のモードをゆっくりと切り替えた。

構内禁煙と書かれた看板を敢えて無視して、《俺》は煙草の封を切った。ゆっくりと一本分の煙を吐き出し、

「ちょっと聞くけどな。水森センセの身体的特徴は？」

「なにを唐突に」

「エエから、思い出してんか」

「だから有馬にちょっと見《み》が似ていて……他には別に」

「そうか、そやったら、案外手間取るやもしれんなあ」

「なにがいいたいのよ」

それには応えず、俺はプレハブ造りの工房へと近づいた。

異質な臭気もまた少しずつ存在を強調してゆく。

建物の入り口には簡単な錠がかけられていた。

「これ、なんとかなるやろか」

「大丈夫、教務部にいって、鍵を借りてくる」

そういって折原が身を翻《ひるがえ》した瞬間、俺の手はかつての職業であった頃に身につけた技術を遺憾《いかん》なく発揮していた。この程度の錠を手なずけることなど児戯《じぎ》にも等しいわけで、ポケットからあらかじめ取りだしておいたピンを、指先でわずかに動かすだけで、

「あ、ゴメン折原。これ鍵がかかってへんかった」

彼女を即座に呼び戻した。なによそれ、と口を尖《とが》らせ、そのままドアを開けようとする折原の腕を摑み、これからなすべき事をごく簡単にレクチャーしておいた。

これから彼女が、藍染めの染料を満たしたプールで発見するであろうものについて。

たぶんそれは染料にまみれて細部はよくわからないだろうから、すぐに警察を呼ぶこと。

今夜、いつもの十兵衛で待っているから、詳しいことはその場で聞かせてほしい。

ほとんど俺の言葉を理解しないまま、工房へと入ろうとする折原に向かって、

――驚いたら、あかんよ。

小さく頭を下げた。

（二）

「いったいあれは、どういうことよ！」

怒りと驚愕、もとい、狂乱の気を色濃く滲ませながら、折原が十兵衛にやってきたのは、

午後八時過ぎのことだった。店の若い衆にひとつまみの塩をもらって身を清め、カウンターに腰をおろして、まずはビール。たとえどれほど激しい怒りに身を焦がそうとも、とりあえずはビール。彼女の理性ほどわかりやすいものはない。

「どういうことって、それは君が一番よう知ってるはずやン」

「なにがなんだか、わからないわよ」

「そうかな」

僕は、染料の匂いの中に微かに遺体の臭気を嗅ぎ取った。正確にいえば、タンパク質の腐敗する臭気である。そこで発見されるであろう遺体、そして昨日その場所近くまで足を延ばして、失踪してしまった作家。これまたわかりやすい方程式ではないか。経過と理由の詮索は京都府警にでも任せておけばよい。とにかくあの場所で水森は殺害され、染料のプールに浮いていた。当然の事ながら講演は中止となるだろう。もう折原は彼の失踪について思い悩むことはない。

しかし世の中の方程式は、もっと複雑で不可解な解を要求しているらしい。

「で、水森センセの身元は確認されたん」

僕はこのたった一言で、己の無能さを露呈することとなった。

「なにいっているの。工房で発見されたのは、清和堂大学の浦上《うらがみ》助教授四十五歳。ちなみにいうと、わたしに現役ミステリー作家招聘《しょうへい》を依頼した、今回の企画の責任者」

「どういうことや、それ」

先ほどの折原とまったく同じ言葉を、我知らずに口にしていた。

二人を交互に見回しながら、「まあ、面倒な話はあとにして」と、十兵衛の大将が小鉢を差しだした。

「最近は冷蔵技術やら、運搬技術が発達してるからね」

京都でもこのようなものができるといった、小鉢の中身はサンマの酢締めだった。切り身にかけ回された黄みがかったソースは、酢味噌かと思いきや卵黄の香りも高い黄身酢。青魚特有の臭みなど微塵《みじん》もなく、しっかりと身に残った魚脂のうま味のみが、舌の先でいつまでも自己主張する。たったこれだけのことで、陰惨な事件のことを忘却の彼方《かなた》に押しやることができるのだから、僕の理性だって折原とたいして変わりがないのだろう。

続いて壬生菜《みぶな》とかしわ、それにお揚げさんとを薄口で炊き合わせたもの。こんな粗末な取り合わせがどうしてこれほどまでにうまいのか、熱いご飯に良し、酒の肴に良しの逸品である。「もう季節はとうに終わってんねんけど」と、出されたハモの柚味噌焼きは、僕と折原の飲み物を即座に日本酒に変更させた。

しばし食欲の権化となり、あるいは甦った餓鬼と化した僕たちは、二本目の冷酒を空にしてようやく本来の目的に立ち戻ることができた。

「で、府警ではなんていうてはるン」

「ええっとね、正確な発表はまだだけど、死因については撲殺。死後約二十時間近く経過しているだろうって」

「ということは、ムンちゃんの失踪推定時刻とぴったし重なるやないの」

「なによ、そのムンちゃんってば」

「春ムンムンのムンちゃん。なんやのほほんとして、愛情わいてきいひん」

「全然、きいひん」

あのね、と大将が再び会話に割り込んだ。

「せっかく、ええもん出してんねから、物騒な話はやめにできひんか」といわれたが、すでに暴走の領域へと踏み込んだ折原の好奇心が、それを素直に受け入れるはずがなかった。

どうして浦上は殺害されねばならなかったのか。

作家・水森堅は事件にどのように関わっているのか。また、どうして彼は姿を消さねばならなかったのか。

そういいながら折原がバッグからデジタルカメラを取りだした。

「おっ、最新兵器やん。現場の写真も撮ってたん。さすがにぬかりないなあ」

「まかせなさい。みやこ新聞文化部エースを舐めちゃこまる」

「けど、警察がよう許してくれたな」

その答えは記録された画像にあった。遺体の状況、周囲の様子などなど、およそ二十枚ほどのデジタル画像の一番最後に、類人猿顔の坊主頭が画面に向かって吼えている。

「うっ、これって府警の碇屋はんやんか」

天下御免の税金泥棒、そのくせ重大事犯になると必ずしゃしゃり出てきて、現場を混乱に導くといわれる、京都府警の困ったちゃん、碇屋警部がまたしても出張《でば》ってきたらしい。折原とは天敵というか、実のところ近親憎悪に近い存在ではないのかと僕は密かに考査しているのだが、ある種の顔見知りだから現場撮影が許されたのだろう。

「あ〜あ、派手に染料が飛び散っているなあ」

「わたしも初めて見たけど、染料のプールって地面を掘り込む形で設置されているのね。だから」

遺体を放り込めば、派手に染料が飛び散るのも無理からぬことだ。

「でも、なんで現場が工房やねん。浦上センセは文学部の助教授なんやろ」

「普段は、鍵の管理がずさんで割と自由に出入りができていたって」

「じゃあ、学生も？」

「うん、外来者も。ここ数日は学祭の準備で、工房に出入りする学生もいなかったそうだけど。鍵はかかっていなかったみたい」

「ちゅうことは、や。事件後に誰かがあの鍵を閉めたちゅうことか」

「あれ、はじめから開いていたって有馬、いわなかったっけ」

「そっ、そうでした。鍵は開いとったんやが……」

おおかた鍵は、工房内のデスクにでも置いてあったのだろう。僕の頭の中で、こんな状況が構成されようとしていた。

キャンパスは学祭の準備でざわめいている。だが工房の周りはうって変わって、人影も少ない。そこへ、藍染め染料の匂いにつられてやってきたのがマイナー作家の水森だ。鍵の開いた工房内にふらりと入ったところを、偶然通りかかった浦上助教授に見とがめられる。そこで二人の間には諍いがあり……。

「あかんな」と、僕はひとりごちた。

浦上は、水森の講演の企画責任者であるという。本人が「水森です、ちょっと講演の下見に」とでもいえば、諍いなど起きようはずがない。

「じゃあ、こうは考えられない。たまたま工房近くまでやってきた水森は、浦上助教授殺害の現場を見てしまった。当然ながら犯人の顔も。せこいうえに小心者の水森は、怖くなってその場から逃げ出した」

「せやったら、なんで警察に届けへんのや。『事件ですう』と一一〇番しさえすれば、逃げ回ることもあらへん」

「甘いな、有馬次郎。京都府警なんて無能の集団だよ。検挙する犯人の数よりも、不祥事で逆に逮捕される警察官の方が多いといわれてるくらいだもん。だいたい税金泥棒の碇屋を飼い殺しにしているような……」

水森をせこい上に小心者と罵倒し、さらには京都府警を無能の集団と決めつけた折原の暴言が、一段とヒートアップしようとしたその時だ。「誰が税金泥棒だって」と、怒りを十分に滲ませた低い声が背後からかかった。いわずと知れた税金泥棒、もとい、京都府警の碇屋警部である。

「現場写真を勝手に撮ることさえ厳罰ものなんだ。その恩も忘れて」

「おや、報道の自由を府警は握りつぶすおつもりで」

二人の間に飛び散る火花をはっきりと見た気がして、「まあ、まあ」と碇屋警部に冷酒の徳利を勧めると「次郎ちゃんは本当に優しいねえ」と、相好《そうごう》を崩す。その変容ぶりに危険なものを密かに感じつつ、

「現場から消えたらしい、作家の話は聞かはりました」

「うん、そこの小生意気な娘から。その話がなければ、第一発見者兼重要参考人として、署に勾留《こうりゅう》することもできたんだがね」

「そんな無茶な」

「大丈夫、京都府警に不可能無し。そういえば、遺体の本当の発見者は次郎ちゃん、君だって」

「ちょっと臭いがしたもんで」

「ああ、秋とは名ばかりだからね。鑑識の人間も、臭うといっていたっけ」

およそ料理屋でするには相応《ふさわ》しくない話を続けながら、僕は必要な情報を碇屋警部から聞き出そうとした。頭のどこかで、余計なことに首を突っ込む必要はないという声が聞こえなくもないが、どうやら折原とのつき合いで良くない虫が僕の中に住み着いてしまったらしい。

「やっぱりさあ」と、折原が会話に割り込んだ。

どう考えてみても怪しいのは水森堅だ。浦上助教授殺害になんらかの形で関係しているに違いないと、自らが招聘した作家であることも忘れて、罰当たりなことを口にする。「確かに無関係ではないだろうな」と、碇屋警部。

「でもなあ、彼が現場にいたという証拠はどこにもないねん。あくまでも推測の域を出えへん話をそこまで押し進めて、ええもんやろか」

すると、碇屋警部の口から「あるよ」と、意外な一言がもたらされた。

「へっ、あるんですか」

「うん、現場から万年筆が発見された。そこにね、『第六回大日本バカミス作家協会賞受賞記念　水森堅』と彫り込まれていたんだ」

「じゃあ、これで決まり。あとは水森を指名手配して、逮捕を待つばかりじゃない」

ってね、折原君。彼を招聘したのは君でしょう。そのことに関する社会的責任とか、反省とかいう言葉は君の住む世界には存在していないの。

注意を促そうとしたが、折原のあまりに能天気な表情に気圧《けお》されて、僕は言葉にすることを諦めた。

「それにしても、なんで遺体を染料のプールに放り込んだのか」

碇屋警部の疑問は、同時に僕の疑問でもあった。

「たまたま、倒れ込んだ所にプールがあっただけじゃないの」

折原は何気なくいうが、僕は彼女のデジタルカメラを操作して、一枚の画像を取りだした。遺体の周辺写真である。

「もしも倒れた拍子にプールに落ちたのならば、染料がもっと派手に飛び散っているとは思わへん」

「確かに」

「この飛び散り方は、倒れた人間をごろごろと転がして、ぼっちゃ〜んとプールに落としたように、僕には見えンねんけどな」

碇屋警部が「次郎ちゃんのいうとおり」と、頷く。

「じゃあ、水森が助教授の遺体を？」

「さて、どうだろう。今のところはなんともいえへん」

僕の言葉がこの日の散会の合図となった。

「また、厄介事に巻き込まれたようやね」

寺に戻るなり、ご住職に声を掛けられた。といっても、そのことを非難する口調ではない。俗事にまみれることも大いに良し。まみれてまみれて、初めて見える悟りもあるというのが、ご住職の口癖であるから、僕もつい折原に積極的に付き合うことになる。

事件の概要を説明すると、ご住職はまず、亡くなった浦上助教授のために合掌し、「それにしても面妖《めんよう》な」と、呟いた。

「不思議でしょう。どうして藍染めの染料のプールなんかに」

「ふむ、それも面妖は面妖やけど」

「他にもなにかありますか」

「逃げた水森とかいうお人のことや」

ご住職の脳細胞は、どうやら僕や折原とはひと味違った構造を持っているらしい。同じものを見、同じ事を聞いても彼の思考はまったく違う局面を見いだすことができるようだ。

「染料のプールの周辺にはそれなりの藍が飛び散っておったのやろ」

「はい。一メートル四方にわたり、相当の量が」

ただし、倒れた拍子に飛び込んだとは考えづらいと、先ほどの会話を繰り返した。

「ふむ、そんなことはどうでもよろし。問題は、水森はんとやらが遺体をプールに放り込んだとする。そんなら彼もまた相当量の藍を被《かぶ》ったことにはならへんやろか」

「…………」

「藍というのは、いったん被ったらなかなかとれるもんやない。水で簡単に洗い流すこともでけんからこそ、染料になります。そのなりで逃げ出したら、そら目立つやろうなア、と考えてみたんや」

両の手は当然ながら藍まみれであろう。服もまた然《しか》り。あるいは顔にだって飛び散った藍がべっとりと付いているかもしれない。そんな身なりで果たして逃亡は可能だろうか。けれど現に、水森堅は未だ逃亡中ではないか。

——あるいは……。

最悪の事態を想定して、僕は暗澹《あんたん》たる気持ちになった。

水森もまた、すでにこの世の人ではないかもしれない。

一度として会ったことはないし、話を聞く限りにおいてお近づきになりたいと願う人物像でもないが、ムンちゃんの無事を、僕はただ祈るばかりだった。

（三）

清和堂大学助教授殺しの捜査がなんの進捗《しんちょく》も見せぬまま、ということはムンちゃんこと水森堅の行方もまた杳《よう》として知れぬまま、六日がすぎていった。

「悪いが、弘法《こうぼう》さんにいってくれんやろか。古着の作務衣を君とわたし用に二着。それに火鉢の手頃なんがあったら、適当に見繕うて」

　ご住職に命じられて僕は、山を下りた。

《弘法さん》とは、毎月二十一日、弘法大師の月命日とされる日に東寺《とうじ》の境内で開かれる市のことである。日用雑貨品から陶器、古着など、この日境内は一大バザールと化す。作務衣ならば、新品を買ってもさして高価なものではない。ご住職が古着にこだわるのはなにも質素倹約を旨《むね》としているわけではなく——いや、それももちろんあろうが——、古いものほど造りがしっかりしているからだ。作務衣は禅僧にとって日常着であり、修行着であり、また寝具でもある。

「最近のものは、みな縫製がチャチいて、ようない」

　とご住職はいうわけだ。

　火鉢については、昨冬突然、彼の身を襲った肋間神経痛が大きく影響しているようだ。それまでは極寒の季節でもろくに暖一つ取らなかったご住職だが、さすがにあの痛みには懲りたらしい。

　にぎやかな東寺の境内を何巡かし、目星をつけた品物の値段交渉を始めようとしたとき、背中がポンとはたかれた。

「珍しいじゃない。弘法さんにお参りなんて」

「ご挨拶やな。これでもご住職のお使いや」

珍しいのはそちらも同じ。いったい今日はなんの用があってと、訊ねると、

「取材に決まっているでしょう」

折原けいは、手にしたデジタルカメラをこれ見よがしに見せつけた。

「そやった、君は確か文化部やったな」

「ものすごく皮肉に聞こえるんだけど」

他にどう聞こえようがあるのかと、言葉にする前に、僕の耳元で「連絡があったの」と、折原が囁いた。

「連絡って、ムンちゃんか」

「その言い方はやめなさいよ。うん、確かに水森から」

「で、なんだって？　彼は今どこに」

どうやら最悪の事態を避けることができたらしい。心を半ば安堵感に満たしつつ問うと、折原は黙って頸《くび》を横に振った。

「どうしてもいわないのよ。『いったら君は僕を警察に売るに違いない。絶対にそうするはずだ。僕だったら迷わずそうする』って、言い張って」

「すんごい性格のねじ曲がりようやな」

「なにせ、ムンちゃんだから」

値段交渉を後回しにして、僕は折原を近くの喫茶店に誘った。

ひょんなことから大悲閣の寺男となって、もう何年になるだろうか。その間、一度として口にしなかった珈琲《コーヒー》が、いましも目の前に湯気を立てているというのに、僕の興味はその存在を忘れ果てていた。

「で、なんといってきてん」

「決まっているじゃない。逃亡者が必要としているものといえば」

「現金やね」

「大当たり。こないだ寄越した領収書を精算して欲しい、ってサ」

「君のことや、バカいってんじゃないよとでもいうて、一蹴《いっしゅう》したやろ」

「あんたのおかげで講演会がパーになったんだから、その損害分も請求してやるって、いってやった」

「きっつい女やなあ。相変わらず」

「当然でしょう。人のことをバカにして」

だが、と僕は折原の思考を正確に読みとった。好奇心の塊のようなこの女性記者が、水森ほどおいしいネタをみすみす捨ててしまうはずがない。

「で、どんな条件を付けたんや」

「……へ⁉」

「つくづく嘘のつけん性格やな。小鼻があぐらをかきっぱなしや。則《すなわ》ち君が人を煙《けむ》に巻こうとしているときの癖」

慌てて鼻のあたりを掌《てのひら》で覆い、「油断も隙もないんだから」と、折原は口を尖らせた。

おおかた、独占取材でも申し込んだのだろう。その上で、本紙記者の説得による自首によって事件は無事解決。それまでの顚末はまた別途ドキュメンタリーの形で記事にする。

「ちがうか？」

「………」

「前もいうたけど、水森が犯人とは決まってへんねんで。わかってるか」

「だって、他に怪しい人間なんていないじゃない」

「じゃあ、動機はなんや。なんで東京の売れへん作家が……」

せっかく講演を依頼してくれた大学の、しかも企画責任者を殺害せねばならなかったのか、といおうとした僕の頭の片隅を、全く別の思考が駆け抜けていった。

「どうしたのアルマジロ」

「あんなあ、ちょっと気になることあんねんけど」

京都に来るなり雄琴に繰り出し、スチャラカぶりを発揮した水森のことを、僕たちはあまりに知らなさすぎるのではないか。ふと、そんなことを思ったのである。京都という町を知らないからこそ一見《いちげん》にもかかわらず祇園に繰り出し、無下《むげ》に断られた腹いせに三万円もする懐石料理を食べて、領収書をみやこ新聞に回した。だが、祇園で断られたといったのは僕であり、その言葉はあくまでも推測の域を出ない。

「ムンちゃんが豪華な懐石料理を食べた店、思い出せるか」

ああ、それならと、折原がさる名店の名前を口にした。名店とはいっても、あくまでも京都人のみが知る、そしてガイドブックには決して載ることのない店の名前だった。

黙り込んだ僕の様子を窺《うかが》うように、「たぶん、商人宿じゃないかと思うんだよね」と、折原がいった。

「ん？　なんでそう思うン」

「だって、水森の所持金は余りなかった。だからこそ今、現金が欲しいわけでしょう。少ない所持金でできるだけ長く逗留できて、しかもお金さえ払えば客の行動にまったく関心を抱かない場所といったら」

「なるほど。確かにホテルのフロントは、常時それとなく客に目を光らせてるもんや」

だとしたら、古くからある商人宿は逃亡者の水森には打ってつけの隠れ家となる。折原の意外にも鋭い推理に感心していると、「そうやってわたしをバカにして」と、逆に睨み付けられた。

「あとは場所の特定なんだけどな。と、有馬に愚痴ってもしょうがないか」

「なんや、君かてえらいこと、侮ってくれるやないか」

「じゃあ、わかるの」

「わからん。わからんが……なあ、清和堂大学は、学祭準備の真っ最中や、いうてたなあ」

「そうよ。ムンちゃん、いや水森の講演会も学祭行事の一つだったもの」

「もう一度学内のことを調べてもらえんやろか」

「それって、わたしの利益になること」

「あくまでも可能性の問題」

「無駄足を踏ませたら、十兵衛で奢りだからね」

僕の依頼に頷き、折原は喫茶店を出ていった。

後に残され、何年かぶりの冷めた珈琲を口にしながら、

——さて、賽の目はどう出るかな。

《俺》は煙草に火をつけた。


そもそもバカミスとはなにか。

翌日から俺は水森堅著『鼻の下伸ばして春ムンムン』を求めて、京都中の本屋を彷徨い歩いた。大型書店のコンピュータで検索してもらい、作品が三年前の刊行であることまではすぐに突き止めることができたのだが、そこから先が難問だった。「三年前の著作なら文庫化

されている可能性もありますが」と、書店員は調べてくれたが、残念ながらその形跡はない。すでに版元も絶版にしており、「あとは古書店を探すか、インターネットのオークションをのぞいてみるか」という有様だった。

水森センセのマイナーぶりは、どうやら板につききっているらしい。金銭的に追いつめられた彼がどのような愚挙に走るか想像もできないだけに、悠長に古書店を回るわけにはいかなかった。

――仕方がないか。

俺の取るべき道は一つしかなく、となれば躊躇《ためら》いは禁物だった。

かつての故買屋仲間に連絡を取ると、注文の品はほんの四時間ほどで手元に届けられた。ただし「なあ、この本がいくらに化けるんだ、おいしい話なら一枚嚙ませろって」と、何度もしつこく持ちかけられ、それをうまくかわすのに二時間以上もかかってしまったのだが。

で、再び問う。バカミスとはなにか。

俺の解釈するところ、バカミスとは現実を悪意と狂気で無理矢理ねじ曲げ、常識から逸脱した世界に浮かぶ犯罪とトリックを、嘲笑のロジックでもって解き明かしたシロモノであるらしい。まあ、平たくいえば「んな、アホな」と脱力するしかない小説《ミステリー》である。

あとは版元に「書評誌に載せたいので、水森堅先生のできる限り詳しいプロフィールを教えて欲しい」と電話をすれば、調査はすべて終了した。

水森堅その人こそが、「んな、アホな」存在だったのである。

（四）

有馬次郎、あんたのいったとおりだったよ。確かにあの日、キャンパスでは奇妙なことがあったらしい。演劇部の部室に密かに忍び込み、和装一式と化粧道具のセットを持ち出した輩がいたらしい。

いつもの十兵衛で待ち合わせた折原けいが、珍しくビールを注文する前にこう切り出した。

「で、ムンちゃんは今どこに」

と畳みかける折原に、僕は先日ご住職が口にした疑問を説明してやった。

「藍だらけになったムンちゃんが、どうやって人目を避けて逃走することができたか、ですって」

「考えたら奇妙やろ。新聞そのほかによって浦上助教授が藍の染料プールで死んでいたことは広く報道されてんね。当然ながら、身近に藍まみれの男が歩いていたら、いやタクシーだってバスだって同じやけど、二つの出来事を結びつける人間はかなりの数に上るはずやん。ところが今に至るまで、そないな情報が府警に寄せられた形跡はあらしまへん」

あればあの碇屋警部が、得意顔で報告するに違いない。

「そ。ムンちゃんは顔をうまく隠しはったんや」

ただし並の隠しかたではない。バカミスの王道をゆく、水森堅ならではの方法を用いたのである。

「それってまさか、演劇部から盗み出した化粧道具と衣装を使って？」

「はいな。顔を白塗りにした挙げ句、和服を着込んで堂々と電車に乗り込んだンや」

「んな、アホな。どこにそんなことを考える……」

といったきり、折原の唇は物言わぬ器官と化した。

いるのである。そのような人物が。しかも日常茶飯事、見かけることができるのである。

「京福電鉄……」

今でも京福電鉄沿線には、時代劇の撮影によく使われる寺社が点在する。中でも竜安寺道の隣の妙心寺と、その先の御室仁和寺《おむろにんなじ》はつとに有名だ。そして帷子ノ辻《かたびらのつじ》で嵐山線に乗り換え、いくつかの駅をすぎると、

「そうか、太秦《うずまさ》撮影所があるから、この電車は」

有名俳優なら移動はロケバスか専用車だが、撮影所にいる多くの下《した》っ端《ぱ》俳優やアルバイトのエキストラは、京福電鉄を使って移動することが多いのである。しかも化粧や衣装は撮影所内で調えるから、時代劇に登場する姿そのままで、電車に乗らねばならない。そうした姿

がしばしば見られるのが、京福電鉄の特徴でもある。

「藍まみれの姿ならばひどく目立つが、衣装を着て白塗りならばかえって目立つことがない。せやからこそムンちゃんは無事逃走することができてん」

「とすると……彼が潜伏しているのは」

「まず間違いないて。太秦近くにある商人宿やろね。それこそ地方から出稼ぎのアルバイトだとでもいって予約を入れておき、宿には扮装のまま入ったんや。ああした撮影所はシャワーの数が少なくて大変やと、関係者に聞いたことがあんね」

一度宿に潜伏してしまえば、顔の藍などいくらでもごまかしが利く。それに皮膚そのものの新陳代謝があるから、数日もすればかなり目立たなくなる。たぶん折原に電話をかけてきたのは、手元不如意もさることながら、顔や手に付着した藍がかなり目立たなくなったからではないのか。

「じゃあ、ついでに教えてよ。どうしてムンちゃんは浦上助教授の遺体を染料のプールなんかに放り込んだの」

「それは……彼に聞いてみんことにはわからへん。わからへんけどバカミス大王のムンちゃんの発想を逆に辿《たど》ると、なんとのう、ね」

「わかるの？」

「犯行は例の工房、そして藍の染料プールの傍《かたわら》で行われたやろ。しかも殺害方法は撲殺や。

もしかしたら浦上センセ、しばらくの間は生きてはったんちゃうやろか。そしたら、どないなことが考えられる？　瀕死の浦上センセは、なにをしようとする」

「もしかしたら犯人の名前にかんするダイイングメッセージ！」

「すぐ目の前には染料があんのやもの。当然やな。指にすくうて、掌にちょいちょいと、な」

それに気づいた水森は、メッセージそのものを消し去ることを考えたに違いない。どうすればよい。藍の上にさらに藍を重ねてしまえばよい。単純にしてもっとも効果的な方法が、浦上の遺体を染料のプールに放り込むことだったのである。

「ちょっと待ってよ。それじゃあ犯人は水森に決まりじゃない」

「そこなんや。彼の発想を辿れば辿るほど、どんどん殺人から遠ざかってゆくのに、結局はムンちゃんイコール犯人という方程式以外には考えられへん。これがどうしても矛盾しよんねん」

矛盾を解決する方法は一つしかない。水森を一刻も早く見つけだすことだ。真実はすべてそこで明かされることだろう。

「それにしても……白塗りで逃亡とはね。よくそんなことを思いついたわね。ろくに京都のことも知らないくせに」

「そこが第二の盲点。実はムンちゃん、生まれは東京都小平《こだいら》市やけど、中学・高校と、京都ですごしてんね。当然のことながら京福電鉄かて知ってるやろし」

「じゃあ、京都取材って」

「単なる物見遊山。ちゅうか日頃でけへん散財がしとうて、京都育ちのことをいわんかったんちゃうか」

「ゆっ、許せン、あのスチャラカ作家！」

怒りの炎を胸に秘めた折原が、持ち前の駆動力を発揮して、水森堅の潜伏する宿を発見したのは実に翌日のことだった。だがそこには真実の後ろ姿さえをも見つけることはできなかった。すでに資金力が底を尽き、宿賃が払えなくなった我らがムンちゃんは、一足違いで宿を叩き出されていたのである。「実は三日分ほど溜まってまんにゃけど」と揉み手する宿の主人に、一縷《いちる》の望みを託して渋々財布の紐を弛めた折原だったが、現実は厳しく、再びさすらいの作家の行方は杳として知れなかった。


境内の掃除をしていると、表の用事から帰山したご住職が「ようやく、涼しゅうなったねえ」と木漏れ日に目を細めた。こうして我が大悲閣は少しずつ秋に染まってゆき、やがて紅葉の季節を迎えるのだが、それはまだまだ先の話。

「で、どないしたん、例の作家はんは」

「行方知れずです。昨日潜伏していた宿を探し当てたんですが、あきませんわ。一足違いでもぬけの殻」

ムンちゃんの名誉のために、叩き出されたのだ、とはいわなかった。そこまで肩入れすることもないのだが、なぜか僕は水森という男のことが好きになりかけていた。殺人者であるとかないとかは、関係ない。せこくて小心者で、しかも平気で人を裏切るくせに図々しい。こんな男が傍にいたら、さぞや退屈しないに違いない。もっとも、先に怒りが爆発して、叩き出してしまうかもしれないが。

住職の懐から、例の『〜春ムンムン』が顔を出していることに気がついた。

「読まはりましたか」

「うん、実に面白いね。世の中にはこんなことを考えるお人もおるのやね」

「馬鹿馬鹿しいでしょう」

「せやけど、勉強になったわ」

そういえばと、先日の疑問からこんなことを考えてみたと、例の白塗り逃亡の話をすると、ご住職の目がすっと細くなった。「それは卓見《たつけん》やが」と、声を途切れさせたのは、「まだまだ踏み込みが足らぬ」といっているのに等しい。広く見よ。そして浅く見よ。浅瀬がやがて深みに変わる。まったく訳が分からないようで、なぜか納得できるのがご住職の教えである。

「まだ、深みが足りませんか」

「君はバカミス作家とやらの思考に倣《なら》って素晴らしい推理を開陳してみせた。ならばもう一歩踏み込むことができるのやないか」

「すみません」

「誰に謝る。君が謝るべきことなど、どこにもない」

「わたしには、これ以上は」

「そやろか。君は顔についた藍の謎を解き明かした。ならば同じ思考でもって、彼がもともと着ていた服の飛び散ったであろう藍の処理も、推理しなはれ」

「服に飛び散った、藍……ですか」

——またも、藍か。

意識の底まで藍色に染まりそうだった。


その夜、僕の携帯電話に京都府警の碇屋警部から連絡があった。

やあ、次郎ちゃん。例の事件だけどね。今日重要参考人を確保したよ。いやあ、苦労はしたが、京都府警にてぬかりなしということかな。例の作家先生だが、容疑は無事晴れた。安心して出てきなさいと伝えておいて。

エッ、重要参考人は誰かって。いやあ、まだ逮捕前だから漏らすわけにはいかないのだが、まあ次郎ちゃんだからいいか。同じ大学の講師でね。前々から研究テーマのことで被害者と揉めていたらしい。なにかと浦上助教授に突っかかってたらしく、ほら、そういえば例の先生の講演のことについてもね、どうしてあんなマイナー作家を連れて来るんだと、他の講師や教授に言いふらしていたらしい。案外、そこのあたりに動機があるのかもしれないね。

名前？　ああそれなら……。

（五）

明けて二十五日。

北野白梅町駅からほど近い、北野天満宮の境内の片隅に、僕と折原けいは身を潜めていた。この日は《北野さん》の愛称で呼ばれる市が開かれている。二十一日の《弘法さん》と並んで、京都市民にはなじみの深い市である。

「犯人が見つかったって！！！」

「うん。それですべてが読めたンや」

「で、誰だったの」

「同じ大学の講師で、水木《みずき》という男。前々から仲が悪かったらしい」

「じゃあ、どうしてムンちゃんが逃げ出さなきゃいけなかったの」

すべては水森堅という、スチャラカ作家の妄想が、事件をより複雑なものにしてしまったのである。

「どういうことよ」

「ムンちゃんはたまたま事件に出くわしてしもたんや。あるいは二人が言い争う声くらいは聞いたかも知れへんね。彼の講演のことで二人が揉めとったから、自分の名前を会話の中に聞いて、思わず近づいたやもしれん。ところが工房で発見した死体の掌にはとんでもない名前が書かれていた」

「でも……それって水木講師の名前だったわけでしょう」

「そう。が、ムンちゃんにはそれが『水森』という名前の書きかけに見えた。そりゃあそうやろ。水木なんて名前は知らんし、先程から自分の名前がしきりと呼ばれているのを聞いているからね」

「ば……バカ！　悲しくなるほどの馬鹿」

「なにせムンちゃんやからね」

動転した水森は、遺体を染料のプールに放り込むことを思いつき、実行に移した。それから先のことは、先だっての推理の通りだ。

「じゃあ、ムンちゃんの容疑は完全に晴れたんだ」

「今日の夕方か、明日にでも逮捕が発表されるやろ」

おおかたあの碇屋警部が、したり顔で会見に臨むに違いない。いつだったか、記者会見に臨んだ警部が、うっすらと化粧しているのを見たことがある。彼にとってはなにものにも代えがたい晴れの舞台だ。

「じゃあ、どうしてわたしたちは、ここにいるわけ」

「よう考えてみや。ムンちゃんは今、絶望の淵《ふち》に沈みつつ、よるべなき京都の町を彷徨うてる。哀れやないか。せめて一刻でも早く、朗報を報《しら》せたげなあかんと、思てね」

「じゃあ、ここにムンちゃんが！」

「たぶん」

　水森という男の思考を辿ると、この北野天満宮の市に辿り着いてしまうのである。

「どうしてそうなるのよ」

「水森という男は、恐ろしく小賢《こざか》しくて、せこい。そして小心者や。自分の名前が被害者の掌に書かれているると勘違いするや、その遺体を染料のプールに捨てて隠そうとする。手や顔についた藍は、白塗りで隠そうとする。万事、隠すことでそっから逃れようとするのが、ムンちゃんやね」

「なんとなくわかる気がする」

「そんな男がやで、遺体をプールに捨てたときに、きっと付着したであろう藍をそのままにしておけるはずがないやないの」

　点々と付着した藍は、下手をすれば命取りの証拠となりかねない。本当はそんなことなどあり得ないのだが、少なくとも水森はそう考えたことだろう。どうする。捨ててゆくわけにはいかない。

「失踪当時のムンちゃんの服装は？」

「安っぽいベージュのジャケット」

「それじゃア、付着した藍はさぞや目立ったやろね」

どうする、水森。大日本バカミス作家協会賞を受賞までしながら、ここで警察に逮捕されてしまうのか。それはそれで有名になれるチャンスかもしれないが、いいや、そんなことはない。俺の作家生命がここで終わってしまう。

ほとんど半狂乱になった水森は、一発逆転の発想を実行に移すのである。

「わたしにもわかってきたわ。そうね、きっとムンちゃんだもの、どうせ藍で汚れたジャケットなら……」

「いっそすべて藍染めにしてしまえと考えたに違いない。染料は捨てるほどあるんやものね。かくして彼の手元には、ベージュならぬ藍色のジャケットが残されたはずや」

「それとこの北野天満宮の市とがどう繋がるの」

一応はその場逃れをしたものの、依然として藍色に染まったジャケットが彼にとってのウィークポイントであることには変わりない。気軽に捨てることなどできないし、それを堂々と着て歩く勇気もない。この季節では簡単に燃やすこともできないだろう。市内でたき火などすれば、それこそすぐに警察がとんで来かねないからだ。京都で暮らしたことのある水森は、そうしたことには敏感であったはずだ。

「彼は焦る、とにかく焦る。またしてもムンちゃん、大ピ～ンチ！」

「だから、どうしてこの市に」

僕は黙って、ひとりの業者を指さした。


「なあ、おばちゃん、それ絶対に掘り出しもんやで」

「ほんまか」

「保証つきやて。もしかしたらナントカ鑑定団で高値がつくやもしれへんで」

「ところでなあ、兄ちゃん。実はわたしもこないなものもってンけど」


こうしたやりとりを見ていた折原の目が、瞬《まばた》きをしなくなった。

「あまり知られてへんねんけどな」

「まさか、あんなことが」

「あんねん。客が逆に品物を持ち込むことが、な」

藍染めの上着を安全に目の前から消してしまう方法。しかも水森は完璧なハコテン状態だ。僅かな小銭でもよいから、喉から手が出るほど欲しいに違いない。

「奴の思考は……たぶんやけど、あれ、なんやったっけな。昔読んだことあんねや。木を隠すなら森の中、小石を隠すなら砂の中、死体を隠すには……ちゅうやっちゃ」

「それ、チェスタトンよ」

「そうなん。つまりなにかを隠すにはもっと大きな同類の中に隠すちゅうのが、ムンちゃんの思考形態なんやね」

「着古したジャケットなら、古着の中に隠してしまえ、か」

「しかも」

先ほどの業者が、中年女性に二枚の千円札を渡すのが見えた。

「ちょこっとした小銭にでもなればラッキー!」

「それには、この市が最高、というわけね」

「京都に詳しいバカミス作家のムンちゃんなら、たぶんそう考えるンちゃうか」

その時だ。

僕と折原のいる場所から、少し離れたところで、

「なあ、これ上等の藍染めやねん。ほんまものすごい上モンねんで。お願いやからもっとイロつけてんか」

という、卑屈な男の声が耳に入った。

支那そば館の謎
裏京都ミステリー

（二）

いる……のである。確かにいる。僕の目の前に。

この場合、目の前にいるのが拝観客であるならばいうことはない。いや、すでに紅葉の季節を迎え、まばらながら当大悲閣を訪れる拝観客は確かにいる。だが僕が、危うく《俺》のモードに切り替わりそうになるのを理性の盾で必死で抑えつつ、それでも怒りの視線を持って眺めているのは、当然のことながら大切なお客様ではない。

「次郎ちゃ〜ん、こちらのお客様に抹茶ふたつ。はよしてなあ」

ノーテンキな声を上げている貧相な男に対して、僕は最後の理性——暴力という名の——を駆使すべきか否か、今もって逡巡しているのである。

男。

本名・水森堅。職業・作家。隆盛を誇るミステリー出版世界で、数少ない正統派マイナー作家道を突っ走る男である。第六回大日本バカミス作家協会賞の受賞者だが、賞そのものがマイナーの王道をゆく、存在すら知る人の少ないものであるから、当然ながら彼の存在理由はきわめて薄い。受賞作『鼻の下伸ばして春ムンムン』にちなんで、我々の間では、といっても僕と折原けいの二人のみだが、「ムンちゃん」と呼ばれている。「春ムンムン」のムンちゃんである。

いくら作品の中で大量殺人を犯そうとも、あるいは、冷酷無比の犯罪者を描こうとも、イコール作家の性格そのものであろうはずがない。出版の世界に疎《うと》い僕にだってそれくらいの常識はあるのだが、どうやらいつの世にも例外はあるらしい。水森堅とは、それを実感させてくれる希有《けう》な人物でもある。

数カ月前のことになるが、なぜかさる私立大学に臨時講師として招かれた水森は、殺人事件に巻き込まれたのである。その巻き込まれ方、巻き込まれた後の行動、いずれもあまりに愚かで浅はかとしかいいようがなく、まさしくバカミス世界の住人にふさわしいものであった。

ところが、である。

その顛末をあろうことか自らを主人公に、しかも事件の謎を解き明かす名探偵役に仕立てたあげくに、短編作品として仕上げた彼は、原稿を出版社に持ち込んだのである。これが編集部内でなぜか受け、見事小説誌に採用。しかも「裏京都シリーズ」として、連作まで決まってしまったというから、世の中なにが起きるかわからない。それだけなら「ムンちゃんおめでとう、良かったね」ですんだはずだが、このスチャラカ作家の暴走はこれにとどまらなかった。ある日突然、我が大悲閣に姿を現し、「これを機会に、京都に移住することに決めました。つきましてはしばらくの間、お世話になりますう、よろしゅうに」と、誰に許可を受けるでもなく、居着いてしまったのである。

「あっ、あのね、有馬」

振り返った僕の顔は、憤怒《ふんぬ》に彩られていたに違いない。それは声の主である折原けいを怯《きよう》懦《だ》させるに十分であったはずだ。

「怒ってる？　怒ってるよね、やっぱり」

「………」

「でもね、わたしにだってどうしようもないんだもの。まさかこれほどのお馬鹿さんだったとは」

折原が身の丈を半分ほどに縮こませるには、訳がある。なにを隠そう、水森を私立大学に招聘すべく、橋渡し役になったのが、このみやこ新聞文化部記者なのである。諸悪の根元との謗《そし》りを受けても、今の折原には返す言葉が見つからないはずだ。

米国からやってきたという夫婦連れに、

「イッツ　グレート　ビュー　アラウンド　きょうと　シティ　アンダスタン？」

ムンちゃんが奇妙なイントネーションの英語を話すのを聞いているうちに、胸中によどむ黒い感情がますます激しくうねりたつのを、僕はどうしようもなく、どうしようもなく実感するのであった。そして、

「初めて聞いた……京訛《なま》りの英語って」

などと能天気につぶやく折原に対しても、まったく同じ感情を抱いたことはいうまでもない。

つるべ落としの夕日が山の端に消え、最後の残光が夜陰に飲み込まれてしまうと大悲閣における一日の作業はすべて終了する。

「今日もずんとよう冷える。どれ、今夜は根野菜をたっぷりとあしろて、味噌煮込みうどんでも作ろか」

ご住職の言葉に、折原が激しく反応した。「ワア、嬉しい!」と無邪気にはしゃぐところを見ると、どうやらご相伴に与るつもりらしい。この女性記者の反省心と食欲とは、全く別の部分に位置しているようだ。ま、今になって知れたことではないのだが。

禅寺の食事は簡素で素朴なものと相場が決まっているが、昨今では観光客相手に「精進料理」と称して高級料亭ばりのフルコースを提供する不埒《ふらち》な寺も、あるやに聞く。しかし当山の料理についてその懸念はない。全くない。悲しいほど素朴で質素。ちょっとだけ愚痴をこぼさせていただくなら、素朴を通り越して粗末といって良いほどだ。それでも簡素な素材を駆使してご住職が作る料理には、ある種独特な滋味がある。ことに冬の候の煮込みうどんは、折原をして「どうして拝観客に出さないのかしら、十分に商売になるのに」と、罰当たりな台詞《せりふ》をいわしめたほどの出来だ。

当然のことながら「そら、結構なことで」と、無駄飯食いのムンちゃんがすり寄ってくる

と思いきや、

「あ、僕は遠慮しときますわ」

と、意外な言葉が返ってきた。

「珍しな、ムンちゃんにしては。体の調子でも悪いんちゃうか」

「きっついなあ、次郎ちゃん。違いますねん、今夜は古い友人と会うことになってますんで、ご遠慮させてもらおかなあって」

いやあご住職の煮込みを食べ損ねて残念やわあ、と視線を泳がせるムンちゃんの言葉の端に、僕は明確すぎるほどの嘘の匂いをかぎ分けていた。かつて裏の世界の住人であった僕の鼻を、ごまかすことなどできようはずがない、といったら気障《きざ》が過ぎるかもしれない。要するに、うまい嘘をつく能力に著しく欠けているのが、ムンちゃんという男であるだけのことだ。それにプラスしてこの男、まれに見るほどせこい。せこいが故に嘘をつけないともいえる。その一事を鑑《かんが》みただけで、彼に小説家としての才能がないことは、明らかなのだが。世の編集者はそのことに気がついているや否や、問いただしてみたい気になるのは僕だけであろうか。

——まあ、いい。どうせたいしたことを企《たくら》んでいるわけでもあるまい。

そう。確かにムンちゃんはたいしたことを企んではいなかった。あまりに彼らしい、せこいアルバイトをしようとしていただけのことだった。そのために寺を下り、数日姿を見せないことで僕も住職も、穏やかな安堵の気持ちを抱いたほどだった。

ところが、である。

本人の意思とは関係なく、面倒事に巻き込まれるのが水森堅という男の運命らしい。そのことを知るのは実に一週間後のことなのだが、その前にもう少しだけイントロにおつきあいいただきたい。

ムンちゃんが寺を下りて五日目だった。

夕日の朱《あけ》に染まる山門をくぐり、彼は戻ってきた。両の掌を顔の横でひらひらと泳がせ、足運びはどうやらステップを踏んでいるらしい。本人はリズムをつけて踊っているつもりなのだろうが、どう見ても歯車の壊れたブリキの人形だ。その動きのまま石段を登り詰めたムンちゃんは、わざとらしいほどの作り笑いを満面に張り付かせてこういった。

「次郎ちゃん、こないに夕日のきれいな日は、こう、思わず体が踊ってしまうねえ」

こいつの頭の中はいったいどうなっているんだ。どうして夕日なんだ。なぜ故に踊りなのだと、群雲《むらくも》のようにわき上がる疑問は、やがて「ところで、ちびっと知恵貸してくれへんやろか」という一言によって解決した。おおかた胸三寸に邪な企みを抱き、山を下りたもののの彼のもくろみは大きくはずれたのではないか。かといってすべてをあきらめるにはあまりに惜しい。そこで僕もしくはご住職、あるいは折原けいのいずれか、もしくはすべてを利用して事の解決を図ろうとしているに違いない。夕日も踊りも、ムンちゃんなりの照れ隠しのつもりなのだろう。

——せっ……せこすぎる！

確かにせこいし浅はかだが、ご住職の叡智、僕の密かなる行動力、折原の情報蒐集能力を見事に見抜くだけの眼力はどうやら備わっているらしい。それこそがこいつのせこさを証明するものに他ならないと、いえなくもないのだが。

「で、どないしたん」

「おお恐《こわ》ァ！　そないに恐い眼でにらまんといてえな、次郎ちゃん。たいしたことやあらへん、いや、それどころかこれは立派な人助けでんね。仏さんの道にもちゃあんと適《かの》うてます。ほんまやて」

しどろもどろになりながらムンちゃんが語って聞かせたのは、次のような話だった。

事の発端は、先日、大悲閣を訪れた外国人夫婦だった。

「生粋のイタリア系米国人でマイケル・アリーご夫妻ゆうてね」

「イタリア系米国人でなんで生粋なんだ」

「いや、つまりは生まれも育ちもケンタッキー州ちゅうことで。そないな細かいところはどうでもよろし」

絶対によろしくはないのだが、とりあえず話を続けさせることにした。

夫妻には今年二十八歳になる一人息子がいる。名はテレンス・アリー。大学で東洋美術を専攻した彼は、ことに日本文化に大きく興味を抱いたという。花鳥風月こそが美の極致と宣言して疑うことのないテレンスは、三年前に両親の反対を押し切って来日したのだそうだ。

「花鳥風月といえば、やっぱ京都ですやろ。テレンスはすぐに京都に住み着き、いくつかの大学で美術関連の講義を聴講しておりました」

外人さんにもこの京都の雅《みやび》が理解されるんやねえ、という訳知り顔の言葉は無視をして先を促した。

「ところがです、それまではインターネットでしばしば送られてきたメールが、この夏以来、さっぱり届かんようになってもたらしい」

「なんでや」

「そこやがな。なんでもオヤっさんは、銭にならん勉強などええ加減やめてケンタッキーに帰ってこいと説得したが、息子はどうにも納得がいかん。ここで米国に帰ったら、雅の道を究めずに、絶対に後悔する。さあ、親を取るか信念を貫くか、悩める米国人青年は月に向かって煩悶《はんもん》の情を訴えかけるわけや。月よ月、そなたなればどちらを選ぶかえ」

「ちゃちくさい浄瑠璃、入ってへんか」

「今、いっちゃん気分乗ってるとこやさかい、じゃませんといてくれるかあ」

雪駄で一発、後ろ頭に活をくれてやるとどうやらおかしな憑《つ》き物は落ちたらしい。

その後の話をかいつまんでいうなら、夫妻は音信不通となった息子を捜すために、京都にやってきたという。が、いかに狭い京都といえどもそこからたった一人の米国人を捜すとなると、可能性は限りなく低い。

「それにしても、おかしな話やな。なんで夫妻は大悲閣にきはったん」

「去年の紅葉時期に、アリーはん、ここにきはったらしい。それはそれはファンタスティックなグレート・ビューで、自分は感激した。中興の祖である角倉了以像も、世界に誇ることのできる芸術だと、親父さんにメールを出したんやて」

それで次郎ちゃん、それらしい外国人客に記憶はないかと問うムンちゃんの言葉に、僕は首を傾《かし》げた。

「覚えてへんなあ」

「またまた見栄張って、めったに拝観客なんて、ないくせに」

もう一発活をくれてやろうかと身構えると、意外な素早さでムンちゃんは飛び下がった。別に見栄を張っているわけではない。市内でも指折りの貧乏寺といわれる、いや、京都市民でさえもその存在を知らないとさえされる当山だが、不思議なことに外国人拝観客の数は驚くほど多いのである。かつてボストン美術館の特別展示会に、かの角倉了以像が貸し出されたこともあってか、外国語版ガイドブックにはかなり大きく掲載されているためらしい。ましてや紅葉の季節ともなれば、なおさらだ。裏の世界の住人であった頃の特殊能力、中でも常人を遥かにしのぐ記憶力をもってしても、一年以上前の外国人客を思い出すことは不可能だった。

「ほかに……手がかりがあるな」

「へっ?」と、僕の言葉にムンちゃんは視線を泳がせた。つくづく度し難い阿呆としかいいようがない。

「ないわけ、ないやろ。その手がかりがあったればこそ、君は山を下りたんや。手がかりからあるヒントを得て、これやったら自分一人でテレンス青年を捜しおおせると踏んだ。ところが、や。もくろみは見事にはずれて彼の行方は杳として知れん。そこで負け犬よろしく尻尾を垂らして帰ってきた訳や」

「キッツいわあ、その言い方」

「事実をいうたまでや」

当然そこには、調査費用の名目で幾ばくかの金銭授受があったことは、容易に推察できる。無事テレンスを捜し出したときの成功報酬もまた然り、である。

「実はね」と、ムンちゃんは財布からなけなしの紙幣を取り出すよりも惜しげな口調と表情で、最後の情報を開示し始めた。

（二）

支那そば館の謎。

行きつけの割烹・十兵衛でその言葉を聞いたとたん、折原けいの眼がまん丸に見開かれ、続いてその奥底に凝《こご》った好奇心の光が宿るのを、僕ははっきりと見た。しまった、こいつを巻き込むんじゃなかったと一瞬後悔したが、すでに覆水は盆に返せる状況にはない。

「それで、テレンス青年は確かに支那そば館といったの」

「と、ムンちゃんはいうんやけどねえ」

「それって、絶対に変。だってアリー夫妻は初来日でしょう。支那そばなんて言葉、使うはずがないじゃやない」

「もちろん、そうや。たぶんムンちゃんによる意訳やろねえ」

おおかた「チャイニーズヌードル・ハウス」とかなんとか夫妻がいったのを、我らがムンちゃんが得意の英語力——僕は決して認めないけれど——で元の意味をグニャグニャにねじ曲げ、告げたのではないか。今に至っても情報の出し惜しみをするバカミス作家に、ある種の痛々しささえ覚えると漏らすと、珍しく折原までもが激しく同意するように幾度もうなずいた。

「そもそも、どこから出たのよ。支那そば館なんて話が」

「それはやな……」

音信が不通になる直前、父親の元にテレンスから「一軒家を借りた」とのメールが入ったという。その家が支那そば館だか、チャイニーズヌードル・ハウスだかなのだと、メールには付け加えられていた。

「ふうん、きょうび珍しい話ねえ」

「ある意味で京都は閉鎖社会やからな」

それでなくとも京都の不動産事情は、関東に比べて遥かに厳しい。法外な敷金と厳密な保証人を要求されるのは常識で、その意味では外国人が部屋を借りるのは困難を極めているといっても過言ではない。

「しかも、やで。借りた家ちゅうのがこれまた凄い。庭付きの一戸建てで六畳一間に四畳半ふた間、十畳以上の居間に、奥行き八メートル近くのキッチン付きときたもんや」

「豪邸じゃない！」

風呂はついていないそうだが、これは特に珍しいことではない。銭湯が都市システムとして十分に機能している京都では、風呂なしの一戸建ても多いからだ。

「しかも家賃は格安やて」

「羨《うらや》ましいを通り越して、腹が立ってきたわ」

「その話を聞いたムンちゃんは、自分の手でテレンスを捜し出そうとして失敗した」

「で、私たちに協力しろ、と」

　おおかた、一番おいしいところは独り占めするつもりだというと、折原の鼻の穴が一・五倍ほどに膨らみ「ふん」と、盛大な鼻息が吹き出された。

「なめたことを。みやこ新聞随一の機動力と情報網を誇るこの折原けいが、ムンちゃんごときに好き勝手させるものか」

　この世には触れてはならぬ領域があることを、いずれムンちゃんは知ることになるだろう。この逆噴射型暴走列車を安直に利用しようとした愚かさを、我が身をもって知ることになる。それも身を切られるような後悔を伴って。僕は胸中密かに十字を切った。

「にしても……チャイニーズヌードル・ハウスとはいったい……」

「まさかどんぶり型の家なんてないものねえ」

　二人で顔をつきあわせ、首を傾げているところに店の大将が小鉢を差し出した。

「蒸し上げた海老芋をよおく冷やしてね、小鯛の笹漬けと併せて甘酢をかけ回してみたんやけど。それから、けいちゃんにはこれ」

　折原けいに差し出されたのは、三寸四方の平皿だった。「ワア、栗だあ！」と折原が嬌声をあげたように、皿の上にはイガ付きの栗にしか見えない一品が鎮座している。むろん、十兵衛の大将ほどの料理人が、ただのイガ栗をそのまま供するはずがない。イガに見えたのは素麵だろう。なにかに砕いた素麵をまぶし、油で揚げ色を出すことで本物の栗のように見せているのではないか。

　はたして。

「中身は栗を茹でつぶしたものなんだ。それだけじゃない……つぶさずに賽の目に切った栗も混ぜてある。ふたつの栗の食感と、揚げた素麵の香ばしさがおもろいやろ」

　大将がいたずらを成功させた子供の顔つきになっている。

　僕の小鉢にも工夫があった。海老芋と笹漬けにかけ回されている甘酢に、未知の香辛料が感じられる。

「……これは……？」

「柚胡椒《ゆずこしょう》。九州でよう使《つこ》てはる調味料をやね、ほんの耳かき一杯分、隠し味に利かせてみたんや。なんや、典雅な香りがしいひん」

「する、する。うまいわあ」

「それにしても」と、大将が唇をへの字に結んだ。菜箸を器用に使い、別のひと皿を仕上げながら「つくづく、事件に巻き込まれやすいお二人さんやなあ。こらもう業やで」という言葉を聞いて、僕も折原も首をすくめるしかなかった。

　まもなく仕上がったのはライスペーパーを揚げて皿に仕立て、海老、セロリ、明石蛸、イエローピーマンを賽の目に切って和がらしとゴマのドレッシングで仕上げた一品。いや絶品。

我々の酒量を増やすための陰謀としか思えない出来で、僕に、

——ええい、ままよ。陰謀なら陰謀でかまうものか。思い切ってのったる！

と、しばし支那そば館の謎を忘れさせたほどだった。


木曜日。折からご住職は檀家に法要の打ち合わせに出かけており、寺には僕とムンちゃんそして片手で数えるにたやすい拝観客がいるのみの、いうなればこれ以上ない日常的な光景の中に、突如折原けいが出現したと思っていただきたい。その機嫌の良さを全身で表現しながら石段を登ってくる姿は、いつかのムンちゃんを彷彿《ほうふつ》させた。

「あらま、けいちゃん踊ってはるわ」

暢気《のんき》につぶやくムンちゃんの顔を見た僕の胸の奥に、

——もしかしたら、君ら似た者どうしちゃうか。

との思いが浮かび上がったのはごく当然の成り行きといえた。

「Q・E・D！　諸君、支那そば館の謎はすべて解明された」

「ほお！」「なんやて」と、僕とムンちゃんの二人の声が重なった。

「この敏腕文化部記者・折原けいの灰色の脳細胞にかかっては、支那そば館の謎なんてのは謎の範疇には入らないということ」

あまりのハイテンションぶりに不安の黒雲はたちまち広がってゆくのだけれど、もはやこ

の状態に至った折原を止める術などあろうはずがない。我々は愚直なる民衆と化して、彼女の演説に耳を傾けねばならないのである。

「拝聴させてもらおか」

「いい？　そもそも不動産事情の良くないこの京都で、しかも異国の青年がそれほど簡単に一軒家なんて借りることができるはずがないのよ。すべての推理はそこから始まるというわけ。スタート地点であり、基本スタンスでもあるこの事実を無視して、テレンス青年の行方をつかむことなど、望むべくもない」

「じゃあ、彼が一軒家を借りたことそのものが、嘘やと？」

「方便よ。どうしても日本に残りたい、京都に住み暮らして雅の道を究めたい。そんな一途な思いが語らせた悲しい嘘。それが例のメッセージだったの」

かといって、一方的に父親をだますのは忍びない。一片の真実を「支那そば館」だか「ラーメンハウス」だかの言葉に込めた、というのが折原のご高説である。はいはい、それで。

「そこにもう一つ。金銭的要素も加味しなければならないのであります」

「ま、確かに人は霞を喰ろて、生きてゆくわけにもいかんやろし。なんらかの生活資金調術が必要なことは、確かや」

「たまには十兵衛で、おいしい料理も食べへんとねえ」

というムンちゃんの一言に「なんで十兵衛のこと、知ってんね」と、思いっきりドスを利

かせたつもりだが、このバカミス作家の良心はいささかの痛痒《つうよう》も感じることはなかったようだ。「今度は、僕も連れてってやあ。ご住職には内緒にしとくさかい」と、しれっとした顔でのたまうムンちゃんの横隔膜のあたりに、本気で蹴りを入れたくなった。

が、先に切れたのは折原だった。

「十兵衛のことは、この際いいの。納戸の隅にでも床下にでも、ちょこっとしまっておいて。それよりもわたしの名推理を聞きたくないわけ。支那そば館の秘密を解き明かしてほしくないわけ」

「わかった、わかった。そないに本気で怒鳴らいでもええやん」

「とにかく……！　テレンス青年は一軒家を借りることはできなかった」

「決めつけてええんかいな。本人が借りんでも、契約だけ日本人の代理人立てたらええんちゃうの」

僕の疑問は、怒気と殺気を含んだ折原の視線に遮られ、却下された。

「とにかく、借りることはできなかったの。ほかに選択肢はないの、わかりましたか、アンダスタン？」

「ま、続きを聞こか（やれやれ、ほんまにムンちゃんに似てきたんちゃう）」

「ではテレンス青年はどこに行ったのか。わたしは考えた。この不況下でも外国人青年が働けるのはどこだろう、と。あるじゃないのよ、不況知らずの職種が。すなわちラーメン屋よ。

そう、彼はラーメン屋の住み込み店員になったの」

「それが支那そば館か？　ずいぶんと安直な推理やねえ。第一ラーメン屋やったら《家》ではのうて《屋》や。ハウスなんて言葉、使うかなあ」

　折原の鼻の穴が、また一段と大きくなった。わざとらしいほど垂直に伸ばした人差し指を振り回し、その唇から「ちっちっちっ」と、舌を打つ音が漏れた。

「アルマジロにはわからないのよ。今関東方面ではね、横浜を元祖とする《家系ラーメン》なるしょうゆ豚骨のラーメンが大ブームなの。これらの店は屋号に《屋》ではなく《家》という字を使うのが、大きな特徴なんだなあ」

「せやったらなにかい。テレンスとかいう青年はその家系ラーメン店に住み込みで働いていると」

「まず、間違いないわね。家系ラーメンなんて京都では珍しいから、探すのはきわめて簡単」

　そういって折原がバッグから取り出したのは、一枚のコピーだった。どうやらインターネットで検索した情報をプリントアウトしたもののようだ。五軒分の屋号と住所、電話番号が書かれている。

「で、アリー夫妻とはどうやって繋ぎを取るの、ムンちゃん」

　誤解のないようにいっておくが、得意満面の折原に向かって「あほらし」と吐き捨てたの

は、断じて僕ではない。ついでに相手を小馬鹿にしきった表情で「ふん」と鼻を鳴らしたのも僕ではない。当のムンちゃんだった。

「折原のけいちゃん。せやったら聞くけど、そこの五軒にはもう当たってみたん。電話一本かけたらすむことや。『そちらにケンタッキー生まれのテレンス・アリーはんいてまっかいな』と、けいちゃんは確認しはったんかいな」

「そっ、それは」と、折原の顔色と旗色がとたんに悪くなった。

だってわたしの推理に間違いなどあるはずがないし、という言葉の最後は、ほとんど口の中に消えて聞こえなかった。ここに至って僕は、事態をようやく理解した。

「そういうことやったんか。折原おまえの負けや」

「なにが……負けなのよ」

「つまり、や」

ムンちゃんも全く同じ推理を働かせたのだ。そして五軒の家系ラーメン店に当たり、己の推理がいかにお粗末であったかを知った上で我々に協力を求めてきたに違いない。

「ムンちゃんと同じ推理……」といったきり、絶句した折原の気持ちが痛いほどわかると同時に、

——やっぱ君ら、よう似てらはるわ。

僕は失笑を禁じ得なかった。

その夜、顛末をご住職に聞かせると、いたく興趣をそそられたらしい。

「ラーメンねえ」とつぶやいて、彼は瞑想に入った。それこそ角倉上人の乾漆《かんしつ》像のように微動だにしなくなるとき、ご住職の脳細胞は高速で情報を処理し始める。ぽんと柏手を打った後に「鳴ったのは右の掌か、左の掌か」と禅問答で問われた僧侶が、昼夜を問わぬ座禅によって解を求める姿に、似ていなくもない。引き結ばれた唇がようやく開き、

「ほんまにチャイニーズヌードル・ハウスなんやろか」

ぽつりといったのは、およそ三十分も後になってからのことだ。

「と、いいますと」

「もしかしたら、別の言葉を使てたん、ちゃうやろか」

「つまりムンちゃんがアリー夫妻から聞いたのは、別の言葉である、と」

「テレンス青年は確かに一軒家を借りた。彼はその家を表現するのに『ライク・ア・チャイニーズヌードル』いう、言葉を使てたとしたら、いささか状況がかわらんかなあ」

「ラーメンに似た家……ですか」

しょせんは浅知恵に過ぎぬかもしれぬと、ご住職は謙遜するが、堂々巡りの推理の闇に、僕は一条の光を見た気がした。

（三）

異国よりの来訪者に支那そば、すなわちラーメンをどう説明すればよいだろうか。

「ラーメンはラーメンでしょうが。もしくはチャイニーズヌードル」

ムンちゃんと同じ思考方法をたどってしまったことがよほどショックだったのか、折原が寺にやってきたのは一週間後のことだった。半ば照れを隠すように、半ば憤懣やるかたなしといった顔つきの折原に、まずぶつけてみたのが、先の質問だ。

「固有名詞ちゃうわ。中身を説明したらどうなるか、が問題なんや。基本はスープ・アンド・ヌードルやろ。けど、ラーメンには具というものが載ってはる」

チャーシューはポーク・ステーキ。シナチクはバンブー・ソテー。さしずめナルトはフィッシュ・テリーヌといったところか。これにリーキ・サラダ——刻みネギのことです、ちなみに——まで添えられた、

「スープ・アンド・ヌードルちゅうことにならへんか」

「なによ、それ。ステーキにソテーにテリーヌ、おまけにサラダまでついてるなんて、まるでフルコースじゃないの」

しかしラーメンは所詮ラーメン。どれほど誇張を尽くそうともそれ以上の料理ではあり得

ない。ところが言葉とは恐ろしいもので、まるでラーメンのことを知らない人に詳しい内容を説明しようとすると、かくも豪華なフルコースに変身してしまうのである。

「考えてみたら、これほど日本的な料理はないともいえる」

「どうして」

「ラーメンこそは日本独自の箱庭文化を端的に表しているとは、いえるやんか」

「確かに……でもね、だからといってそれがなにかの家に見立てることなんて……あっ」

「わかったみたいやな」

確かに京都にはそのような家屋が存在するのである。

庭付きの一戸建てで六畳一間に四畳半ふた間、十畳以上の居間に、奥行き八メートル近くのキッチン付き。

聞いただけなら十分すぎる豪邸だが、その実この家の庭は《坪庭《つぼにわ》》といって、猫の額よりもまだ狭い。確かに玄関口を挟んで三つの部屋が存在するがそれだけのことだ。十畳あまりの居間はどこに行ったかって？　六畳間と四畳半間は襖《ふすま》で仕切ってあるだけだから、これを取り外すと十畳あまりの居間が誕生する。ちなみに、奥行き八メートル近くのキッチンは、奥行きこそ長いが、その幅たるや人一人がようやく通れるほどの狭さなのだ。全体を俯瞰するなら、うなぎの寝床という言葉以外に的確な表現が見あたらない、京都独特の民家様式。

「じゃあラーメンに似た家って」

京都独特の民家様式・町家造り

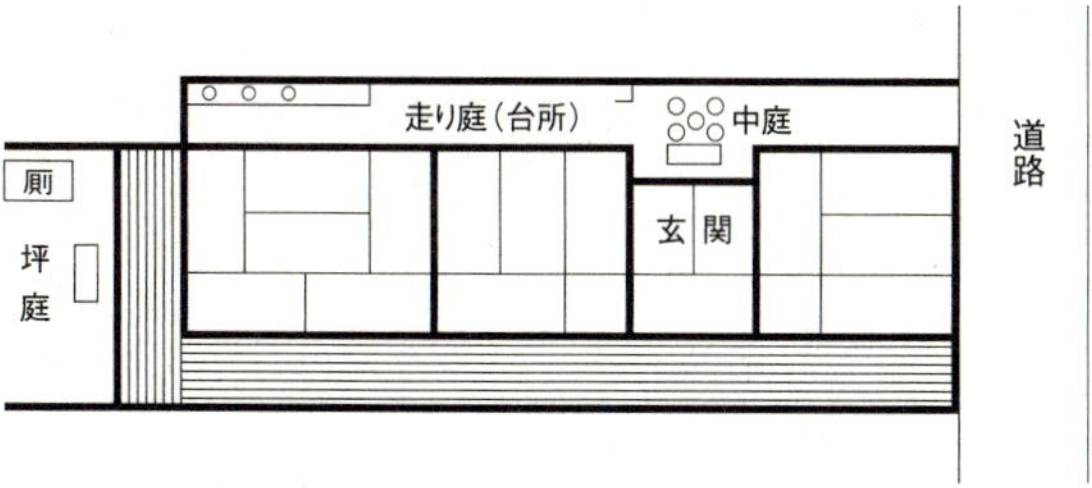

「せや、町家のことや」

町家。

その昔、京都では間口の広さに応じて税金がかけられていたそうな。それに対抗すべく、庶民が知恵を絞ったのが町家の様式であるという。間口を狭く作った分、奥行きを長くした結果、このような一軒家ができあがったわけだ。いかにもしぶちんの京都人らしい発想ではないか。

「町家やったら意外に安く借りられるんちゃうか。築年数も相当に経ってはるやろし」

「今では借り手も少ないから、外国人でも貸してくれた、か」

「町家の数は、そう多くはない。ましてや空き家となるとさらに少ない」

「おまけに外国人が借りたとなると、探すのは簡単、か」

「昨日な、そのことをムンちゃんに教えたったんや。

奴さん、鉄砲玉みたいにぴゅ〜と、飛んでいかはって、それっきりやわ」

とたんに折原の頬が風船みたく膨らんだ。「なんで、簡単に教えたのよ」と、紅潮した頬が問わず語りに告げている。

「まあええやないの。元はといえばムンちゃんが引き受けた依頼なんやし」

「だいたいあの男、どうしてテレンスとかいう外国人の捜索にこだわるのよ。一応は作家なんだし、原稿料も入っているはずじゃない。小遣い稼ぎに血道を上げる必要なんてどこにあるのよ」

一応、という部分を強調しつつ、折原がいった。

僕も同じ質問をぶつけてみた。その結果、推理を伝授する気になったのだが……。

そのときのムンちゃんの言動を伝えようとしたとたん、庫裡の電話機が鳴り出した。

ああ、次郎君か。京都府警の碇屋だがね、元気しているかね。最近は寺の方もとんとご無沙汰で、ご住職も変わりないか。そうか、そうかそれは良かった。僕の方は忙しくてね。殺人事件は起きるわ、暴力団は新たな抗争をおっぱじめるわ。だいたい警察が忙しいなんてのはろくでもない証拠だ。警察官は税金泥棒といわれるくらいがいいとは、思わないかね。久しぶりに大悲閣でのんびりとお抹茶でもいただきたいよ。みやこ新聞の折原のように、お気楽に生きてゆくことができたらどれほどいいか。まあ、上層部がこの優秀なる捜査官である僕に、それを許すとは思えないがなあ。君もね、あんなえげつない記者といつまでもつるんでいてはいけないよ。人品骨柄《じんぴんこつがら》に傷がつく。なに、そんなことをいうためにわざわざ電話をかけてきたのかって。ああ、そうだ、危うく忘れるところだった。君のところに水森堅とかいう、自称ミステリー作家が居着いているんだってね。おそろしく貧相で見るからに胡散臭い男。ん、じゃあ間違いないな。その水森ね、身柄をうちの所轄署で預かったから。って、警察が誘拐の真似事なんかするはずがないだろう。一応、殺人事件の第一発見者だ。ただ、言っていることが支離滅裂でね。町家がラーメンに似ているだの、行方不明の外国人青年を捜しているだの。ここだけの話だが、僕はかなり怪しいとにらんでいる。早晩、重要参考人に格上げされると思うね。というわけだから、ご住職によろしく伝えておいてくれたまえ。じゃあ、また。

京都府警の税金泥棒、碇屋警部からの業務連絡を終え、振り返ると、折原もまた携帯電話の通話スイッチを切り終えたところだった。

「大変！　社からの連絡だけど、西京区《にしぎようく》の町家で遺体が発見されたって。しかも遺体の第一発見者というのがね……」

もしかしたら、あの男の間《ま》の悪さは遺伝子レベルで染みついているのではないだろうか。ムンちゃんのことを考えると、僕は軽い目眩《めまい》を覚えずにはいられなかった。

西京区の町家で殺害されていたのは表具師《ひようぐし》の野々宮杢斎《ののみやもくさい》・五十六歳。死因は頸部《けいぶ》圧迫による窒息死。死亡推定時刻は午後六時から七時の間。我らがムンちゃんが杢斎の遺体を発見したのが七時十分過ぎ。内側からつっかえ棒のかかった木戸を、なにか針金のようなものを使ってこじ開けようとしているところを、警邏《けいら》中の巡査に発見されたのである。職務質問を受けるやたちまち恐慌をきたしたムンちゃんは、町家ラーメン説をやにわに語り始め、自分は失踪した米国人青年を捜し出す正義の使徒であるなどと、しどろもどろに説明したらしい。さらには、紅殻格子《べんがらごうし》の隙間から、遺体らしきものが見える、とも。巡査が怪しいと直感するのも無理からぬことで、家の中をのぞいてみると、確かに倒れた人影が見える。木戸を蹴破る形で飛び込むと、そこには野々宮の遺体が転がっていた、というのが事件の顚末だ。

「さすがに、情報は早いなあ」

「まっかせなさい。みやこ新聞エース記者の称号は伊達じゃない」

碇屋警部が聞いたら吹き出しそうな台詞を、折原という記者は時に平気で口にすることができる。そこがまた、ムンちゃんと共通しているのではないかと密かに思慮していると、不意に碇屋警部の顔が重なった。なんだ、三人ともよく似ているんじゃない。道理で僕の周りはいつもいつも騒々しいはずだ。

ただし、折原が知り得ない情報が一つだけ、ある。かつて裏の世界の住人であった僕にしか知ることのできない情報。野々宮杢斎の裏の顔、である。

「で、勾留中のムンちゃんは？」

「まだ勾留まではいっていないから、すぐに戻れるんじゃないかな」

「なんや、まだ任意かいな」

だが、彼が絶対的に不利であることには変わりがない。どうやら警察では、ムンちゃんが針金を使って木戸の内側を操作し、密室状態を作り出そうとしていたと考えているようだ。

「ばかばかしい。あの男にそんな器用な真似ができるはずがないじゃない」

「せやけど、一応はミステリー作家やしね」

「訂正を動議します。あの男はミステリー作家じゃない。バカミス作家、です。たとえば密室を作るのに」

と、折原が説明を始めたのは、彼の新作に使われたトリックである。密室の中で男の絞殺体が発見される。実は凶器となったロープには針金が仕込まれており、それを外部から強力な磁石で操ることで、殺害を可能にしたというものだ。時にミステリー界のご意見番を標榜し、相応の知識と常識とを備えているであろう折原が、それらすべてをかなぐり捨ててあっさりとネタばらしをするほどだから、よほどにひどいトリックなのだろう。

「密室じゃないけれど、こんなトリックもあったな。氷の木刀で相手を撲殺し、後にそれをかき氷にして刑事たちに食べさせる、とか」

「それ、パクリと違うん」

「イチゴミルクに仕立てたところが自分のオリジナル、と主張したいみたい」

「グロテスクやなあ」

その程度のトリックしか考えられないムンちゃんに、現実の密室トリックなど使えるはずがないと、折原は主張するのである。それはそれで十分すぎるほど説得力のある主張には違いないが、警察には警察の思惑がある。

「そりゃあ表から針金を使ってつっかえ棒を操作するなんてのは、密室トリックのうちにも入りゃしないけどねえ」

問題は、つっかえ棒に確かに操作の痕跡が残っていたという点だ。しかも、である。ムンちゃんが手にしていた針金と痕跡が見事に一致しているという。

「やっぱ、あれやね。彼が重要参考人に格上げされるんは、相当に近いわ」

「大悲闍にとってはそれもまた喜ばしいかも」

二人して頷いたところへ、「情けないこと、いわんといてえな」とこぼしながら本人が帰ってきた。警察でさんざん絞られ、さぞ貧相に磨きがかかっているかと思いきや、目の奥に微かな喜色さえ浮かべているではないか。

——絶対に良くないことを企んでいる。

僕の勘は、確証といって良かった。

「とりあえずは、ことの顚末を話してくれぬかね」

庫裡から現れたご住職の問いに、ムンちゃんは頭をかきながら「ちょっとした災難です

う」と、悪びれることなく答えた。その厚顔無恥な唇から語られたところによると、

「僕の推理に間違いなどあるはずがないし、こらもう二、三日でテレンスの行方は知れたも同然と、片っ端から不動産屋に電話を入れてみたんですわ。そしたらラッキー！　やっぱ運も実力のうちいいまんな。五軒目の不動産屋で見事に当たりを引き当てたんですわ」

早速住所を教えてもらい、現地へ向かったのが昨日のことだ。当該番地には二軒続きの町家があり、向かって右の家には「新井輝《あらいてる》」と書かれた表札があった。

「となると、テレンスはんが借りたのは左の方や。木戸を幾度か叩いたけれど、返事があらへん。こら困ったなあ、確認をとらんでアリー夫妻に知らせたんでは、なんぼなんでも良心が痛む。そこで紅殻格子の隙間からのぞいたら、あんさん、これが遺体らしきものが横たわってはる」

「それで、手近にあった針金で？」

「なんとかつっかえ棒をはずし、中に入ろうとしたところが、後ろから『なにやってます』って、無粋な官憲の声がしましたんや」

「でも、なんでそんなところに針金が」と、いったのは折原だった。しかも針金とつっかえ棒に残された痕跡とは完全に一致しているという。となると答えは一つしかない。犯人は密室工作に使用した道具を、

「その場にわざわざ残していったことになるやん」「そんな馬鹿な」と、僕と折原の声が、

ぼけと突っ込みのタイミングよろしく響いた。

「なんで、そんな愚かなことを。自分から、密室トリックを駆使しました、といっているようなものじゃない」

「だいたい、密室を作る意味かて、あらへん」

野々宮杢斎の死因は、頸部圧迫による窒息死だ。凶器も発見されてはいない。この状況で密室を作ったところで、なんの意味もないのである。

「そうよねえ、自殺に見せかけることもできないし」

「となると、や」

「となると?」

すでにテレンス青年のことなど意識の遠い、遠いところに置き忘れ、今や僕と折原の会話に聞き入っているムンちゃんの耳元で、こうささやいてやった。

「オ・シ・エ・テ・ヤ・ン・ナ・イ」

ムンちゃんと折原の頬が同時に、冬瓜《とうがん》みたくふくれあがった。

僕たちの会話とは全く違うベクトルを持つ声で、「たぶん……テレンス青年の借りた家は右側やね」というご住職の顔は、確信に満ちていた。

「ほんま、ですか」と、ムンちゃん。

「テレンス・アリー、アリー・テレンス、アライテル、新井輝。日本の文化にかぶれた異国のお人は、しばしばそのような日本人名をつけたがるものや」

「なるほどねえ」

言葉でこそ感心する素振りをしているものの、ムンちゃんの興味がすでにそこにないことは、明らかだった。

（四）

「野々宮杢斎が、最近手に入れたブツについては調べはついたか」

《俺》の言葉に頷いた老人が、黙って掌を差し出した。

「前金で払ったはずだが」

「あれでは足りひん。特別手当や」

「強欲は身を滅ぼすもとだと、親から習わなかったのか」

「もらえるところからは目一杯もらえと、教わった」

「ろくな死に方をしなかっただろう、その親」

三条大橋の袂にいる靴磨きのオヤジ、というよりじいさんは、裏の世界ではそれと知られた情報屋でもある。ただし、時には表の世界の住人にも情報屋として接触することがあるらしく、折原けいにいわせると「どんな情報でも五千円ぽっきりで教えてくれる、便利屋さん」なのだそうだ。俺の渡した前金二万円でとても足りないと、うそぶく強欲じじいとはまるで別人のようだが、れっきとした同一人物だ。どうやら長年にわたって馴染んだ京都の水が、人にいくつもの顔を与えるらしい。鬼と仏を兼ね備え、そいつを都合良く使い分けるのが生粋の京都人なのかもしれない。

黙って一万円札を出すと、「この半年ほどはなにも手に入れてはいない」と、素っ気ない答えが返ってきた。

ふざけるのもいい加減にしないか。それほど長生きがしたくないなら、すぐにでも望みを叶えてやろうか。中身のない情報で三万円もぼったくるとはどういう了見だ。

あらゆる種類の怒気を込めて睨みつけると、じじいの顔に不敵としかいいようのない嗤《わら》いが浮かんだ。

「若いな、次郎ちゃん。この半年ほどは、というたはずやで」

「ということは、半年以上もなにもせずにいられるほど、大きなブツを」

「ま、どうかな」

周囲には表具師と称する野々宮杢斎の裏の顔は、かつての俺と同じ広域窃盗犯だ。それだけではない。時には詐欺も働くし、力任せの荒事にも手を染める。要するにほしいものを手に入れるためには、あらゆる努力を惜しまない事で知られる立身出世——あくまでも裏の世界では、だが——の人なのだ。古い言い方をするなら「大白波《おおしらなみ》」という奴だ。ちょっと古すぎるか。確か数年前にこの世界からは身を引いたと聞いている。

「何年かぶりに手を染めた大仕事で、今は悠々自適、ということか」

「もともと相当に蓄えてる、ゆう話やで。別に生活に困っての仕事復帰、ちゅうわけやないんちゃうか」

「つまりは、個人的な趣味、か」

「なんや、どこぞの誰かはんみたいやなあ」

すっかり歯の欠け落ちた口内をブラックホールのようにあけて笑うじじいに一瞥《いちべつ》をくれ、俺はその場を立ち去った。


「僕には犯人がわかってしもた」

ムンちゃんが鼻の穴を広げ、先ほどからしきりと宣言するのだが、残念なことにそれに耳を傾けるものはどこにもいなかった。京都の秋は驚くほど短い。紅葉は、夏が散華し長い冬を迎えるための一瞬のセレモニーであるかのようだ。それを求めてやってくる拝観客の対応に追われて、僕もご住職も猫の手を借りたいほどのニャンニャコ舞い、じゃなかったてんてこ舞い状態だったからだ。ご住職は客相手に当山の縁起、禅とはなにか、悟りとはなにか、ついでに客殿から見渡せる景色の説明に余念がない。僕は僕で抹茶の接待、足りなくなった一斗缶ストーブ用の薪割りと、手が離せない。本気で手にした鉈《なた》の刃を凝視し、こいつをバカミス作家の冬瓜頭にぶち込むタイミングを計っていると、今度は税金泥棒がやってきた。

京都府警の碇屋警部である。わずかな生活費を寺に入れることを拒否しておきながら手伝いもせず、そのくせ飯だけは人一倍喰らう穀潰《ごくつぶ》しと、本来の使命である市民の安全確保や犯罪捜査にまったく無関心な、税金泥棒とが出会ったらどうなるか。穀潰しと税金泥棒とは互いの機能を高めあい、相乗効果を生むことになる。やがてふたつの災厄が大いなる疫病神に変身することは、火を見るよりも明らかだった。

「なに、犯人がわかっただって」

「そうなんですよ、警部はん。確かに僕の明晰な頭脳は、犯人を割り出しました」

「で、その人物とは」

「野々宮杢斎の隣に住む、新井輝ことテレンス・アリー青年に間違いありません」

「根拠はあるのかね」

「例の密室です。あれこそが彼が犯人であると、示しているのです」

なぜ、密室は構成されねばならなかったか。それはつまり、犯人がそこから出入りしたと思わせるのが目的である。実際は別の場所から出入りしたのだが、それを知られると即座に自分が犯人であることがバレてしまう。だからわざと密室を構成し、しかもその証拠品まで残したのである。犯人は木戸から出ていき、そして針金を使って密室を構成したのだ、と警察に思わせることが目的だった。

僕は、薪を割る手を止めて、少しだけムンちゃんの高説を拝聴する気になった。

「すると、その出入り口とはいったい」

「真の出入り口は、町家の奥に位置する坪庭やったんです」

「……坪庭！」

「そうです。そして隣接する野々宮家と新井家の坪庭は家同様に隣接しているのであります。しかもその間には申し訳ばかりの生け垣があるだけではありませんか」

「なるほど、侵入路をごまかすために密室を構成したと」

「謎の扉はすべて開かれました。早《はよ》う、逮捕状を取っておくんなはれ。それから記者会見では、名探偵作家水森堅の活躍があったことを、お忘れなく」

「早速……といいたいところだが、君は警察をなめておるのかね」

「はい？」

「現場検証で、その可能性は完全に否定されているんだ。生け垣に積もったほこりの具合や、その他諸々の状況を鑑みても、坪庭が侵入経路でないことは明らかだ」

無論、警察も隣人のテレンス・アリーには当初から疑いの目を向けていた。だが、被害者とテレンスの間には隣人以上の関係は浮かび上がってこなかったし、諍いがあった様子もない。碇屋警部がまくし立てるが、ムンちゃんからはなおも余裕の表情が消えない。

「諍いがなかったですって。それこそが偽りの真実。彼は嘘をついているんです」

「証拠でもあるのかね」

「彼の名がそれを示しています。新井輝。姓名を上下逆にして読むならテル・アライ。すなわちテル・ア・ライ。嘘をついていると、自ら告げているやないですか」

馬鹿だった。こいつの言葉に少しでも耳を傾ける気になった僕が馬鹿だった。

——だが、まてよ。

途中までの発想はかなりいい線をいっているのではないか。密室は、犯人がそこから出入りしたと思わせるために構成されたという説には、確かに説得力がある。

そのときだった。情報屋のじじいとの会話がよみがえった。

『ということは、半年以上もなにもせずにいられるほど、大きなブツを』

『ま、どうかな』

あのときは、よほど価値のあるブツを手に入れたのだろうくらいにしか考えなかったが、実のところ僕は大きな間違いを犯していたのではないか。というよりは、

——あの糞じじい。もしかしたらなにもかも知っていて。

鉈を振り下ろしながら、僕は静かに精神のモードが切り替わるのを感じていた。

（五）

引き戸を開けて室内に入ってきた人影に、《俺》は、

「電気は点《つ》けない方がいいな、お互いのために」

と、一声かけた。すると意外なほど流ちょうな日本語が「誰だ、おまえは」と、返ってきた。

「テレンス・アリーさんだね」

「おまえは誰だ」

「そんなことはどうでもいい。ちょっと行きがかり上、今回の野々宮杢斎の事件に関わってしまったものだ、とだけいっておこうか」

「なにが、いいたい」

「それにしても、ずいぶんと奇妙なことを考えたものじゃないか。密室とはね。俺はミステリーという奴には興味がないんだが、こんな奇抜な理由で密室を作った例はないんじゃないか。それともなにかな、あんたもミステリーファンなのかい」

出入りの経路を隠すために密室を構成するという、ムンちゃんの説はまったく正しかったのである。ただしその裏に隠された理由が違っていた。

町家には、実はもう一つの出入り口が存在するのである。すべての町家にあるわけではないが、野々宮やテレンスの住む町家建築にはそれが存在していた。ただの格子にしか見えない紅殻格子だが、上部には蝶番《ちょうつがい》が取り付けられ、外側に向かって跳ね上げ可能なのだ。こうした仕組みは商売を営む家に多く造られる。格子を跳ね上げ、縁の下に向かって畳まれた縁台を持ち上げると、一瞬にして店舗が生まれる仕掛けだ。

「あんたが野々宮の家から本当に出入りしたのは、この紅殻格子からだ。いや、それは正確ではないか。あなたがあの家から持ち出したもの、というべきだろう」

闇の中で、テレンス・アリーの発する殺気が急速にふくれあがった。といっても、しょせんは素人に過ぎない。数限りない修羅場を経験した我が身には、比叡颪ほどにしか感じられない。

「大きなブツ……価値も大きいが、なによりも容積自体がでかいもの。木戸からはとても搬出ができない故に、紅殻格子の入り口から持ち出したもの」

商家の木戸は、一般家庭のそれよりも小さく、狭く造られている。

テレンスは、それが野々宮の家から持ち出されたことを隠蔽するのが目的で、わざわざ密室を演出して見せたのである。

「馬鹿な、ことを、いうな。わたしは、あの家から、なにも、持ち出しては、いない」

「確かに、それほど大きなものなら、警察だって紛失に気がつくはずだ。でも彼らはまるで気がつかなかった。なぜか」

「………」

「簡単なことだ、同じ大きさのものが外側から持ち込まれたからだ。外見も、ほかの人間にはとても見分けがつかないものがね」

ポケットから発光ダイオード型のミニライトを取り出した。マッチ棒を少し大きくした程度の大きさだが、光度は抜群に明るい。光を手元のリングで拡散させて、ふたつの日本間を仕切る襖を照らし出した。

「それでなくとも小さめに造られた木戸から、こいつを持ち出すことは不可能だ。あんたは、こいつが野々宮の家から持ち出されたことを知られることを防ぎたかった。こいつを野々宮の家から持ち出し、代わりに自分の家の襖をあちらに持ち込んだことを……それを可能にするには紅殻格子という出入り口を使わねばならないことを知られたくないからこそ、あんな小細工を弄したんだ」

光の中に、見事な筆致の獅子が二匹、浮かび上がった。一度は引退を決意した野々宮をして、現役を一度に限って復帰させたほどの襖絵の名品。と、想像はできるが、その価値がいかほどのものかは想像もつかない。

「こいつは、人一人の命が失われる価値があるのか」

「タワラヤ・ソウタツ……の、幻の、逸品、だ。あんな、男が、持っておく、べきでは、ない」

その名前に記憶はあるが、どうでも良いことだった。知りたかったのは、事件の真相。それも正義心からなどではない。単なる好奇心が、そうさせただけだ。

「警察もそれほど無能じゃない。いや、十分に無能か」

けれど、その場合には府警に匿名の情報がたれ込まれることになる。あるいはみやこ新聞に投書があるかもしれない。そう告げた上で、

「野々宮が持つべきではないかもしれないが、だからといって、あんたが奴を殺害してまで奪って良いものだとも思えんがね」

俺の言葉に対して返ってきたのは、呪詛に似たつぶやきだった。

「なにが、わかる。おまえ、なんかに、なにが、わかる」

「なにもわからんさ。だが、自首するつもりなら」

俺は坪庭へと身を翻させて、

「おまえさんのご両親が京都にやってきている。息子の身を案じて、な。自首するつもりなら一度会っていったらどうだ」

夫妻が逗留するホテルの名と電話番号を書き込んだカードを、テレンスに向かって投げた。

テレンス・アリーが自首した翌日。

　折原けいが珍しいことに手みやげを提げて、大悲閣にやってきた。折原宛の投書がもとで事件は急転直下、無事解決。おおかた、金一封でも出たのではないか。さして値が張るとは思えない落雁を、たいそうな風呂敷から取り出し「お茶請けにでも」という、折原の鼻の穴がこれ以上ないほどに広がっていた。

「ああ。面白いなあ」と、ぼやくことしきりのムンちゃんに、優越感を丸出しにして、

「残念でしたねえ、水森センセ」

　言わずもがなの一言をいってしまうのが、こいつなのである。続けて、

「でも、どうしてテレンスの一件については、あんなに熱心だったの」

　いつだったか、僕がムンちゃんに投げかけた質問を繰り返した。

　——あらあ、それはちょっとまずいんちゃうかな。

　僕に質問され、むきになって言い募ったムンちゃんの言動が思い出された。

　言い訳というにはあまりに情けなく、そして哀愁に充ち満ちた言葉が、再び繰り返される予感に、僕はそっとその場を去ろうとした。

　が、顔をくしゃくしゃにし、そのうちにしゃっくりまで動員して言い募るムンちゃんの切ない叫びがそれを許さなかった。

「僕は……僕はただ、支那そば館の謎を解きたかっただけなんや。謎を解いてね、それをもとに裏京都シリーズのネタにしよかなあ、って。それでもって、読者から名探偵ミステリ作

家誕生っていわれて、それでもって、仕事がぱあって増えて、単行本になったらそれがドサっと売れて、印税もドサっと入って、一気に人気作家になって、河原町あたりに四ＬＤＫのマンション買って……。そしたらいきなり男の死体やん。こら、しめた。ついでにこの謎を解いたらますます有名になって、書く本書く本み〜んなベストセラーになって、高級外車かなんか買うて、若い姉ちゃんからも黄色い歓声あびて、でもってね、でもってね。女子大出たての色白の……京都女はあかんで、きっつい性格やよって。神戸あたりの若い女の子と遅まきながら結婚してね、ついでに東京にも若い愛人つくって、日々愛欲の生活に、ちょこっとだけ、ちょこっとだけ溺れてしまいたいなあって。ただそれだけやったんよ。ほんのささやかな願いがあったから……」

次第にか細くなってゆくムンちゃんの声が、一陣の山風に完全にかき消された。

京都特有の寒風は、なぜか少しだけメタな香りがするのだった。

裏京都ミステリー
居酒屋十兵衛

（一）

カウンターに並んで座る二人——折原けいと僕——は、言葉を忘れた獣だった。二人の間には、両の掌に包めるほどの大きさの火鉢と陶製の平鍋。むろん僕にも折原にも器の善し悪しを愛でる趣味などはなく、ましてやここが行きつけの寿司割烹・十兵衛となれば、二人の興味は平鍋の中身にある。

沸々《ふつふつ》と小泡が鍋の縁にわき上がり、糸のような湯気が次第に拡散してゆく。大将の唇からいつ「そろそろ、ええんとちゃう」という一言が漏れるのか、そのタイミングを計るように二人の右手が箸の真上でふるえている。

長いお預けの後、ようやく大将の唇が待望の一言を発した瞬間が、至福のひとときの始まりだった。嘆息とともに「うっ、うまい」と漏れ出す言葉は、陳腐で、平明で、濁りがなく、そしてほかに代用できる表現を思い浮かべることのできない約束事でもあった。

特別な材料が使われているわけではない。いや、むしろ質素といってよいだろう。十センチばかりに切りそろえた京菜に刻みの油揚げ。メインはこの二つであり、あとは豆腐が少々。たっぷりの出汁《だし》に塩と酒を利かせ、色づけに白醤油《しろしょうゆ》を数滴垂らしただけのつゆでこれらを煮込んだだけの代物だ。そんなものがどうしようもなくうまいのは、まず出汁がよいからだ。

昆布を水に浸し、一晩かけて取ったものに厚切りの混合節を入れて十五分ほど煮出す。仕上げはどっさりと花鰹節を投入して追い鰹とするそうだ。濃厚にして官能的な出汁があれば、こんな粗末な材料を、ここまで典雅なひと皿に昇華させることができるのである。もっとも……揚げと京菜は、錦——市場——のそれと知られた名店から取り寄せた逸品だから、さほど粗末ともいえないのではあるが。そして関西人にとってなくてはならない隠し味が、しっかりと、はんなりと自己主張している。

「この、つゆにほんのり漂うコロの香りが、絶品やね」

「せやろ、次郎ちゃん。これ、抜いたらあかんねや」

「熱〜いまんまに、これかけ回しても、美味しいんちゃう？」

「いけるやろね」

コロとは、鯨の脂身から鯨油を抜き取り、乾燥させた食材で、関西のおでんには欠かせないとされる。米のとぎ汁で時間をかけて戻したものが、この鍋の中にもほんのちょっぴり利かせてある。

揚げも京菜もすぐに煮えるから、食べたはしから継ぎ足せばよい。アツアツのシャキシャキを、息つく暇さえ惜しんで食べるのが、この鍋の正当な食べ方である。食材がなくなったら次はうどん。そして最後は雑炊で締めて、我らのフルコースは終了した。

あかしまへん。もう勘弁しとくなはれ、どこにも入りません。これ以上詰め込んだら、鼻と耳からうどんが出ます。と堪能の吐息を吐いていると、折原はしっかりとデザート代わりの葛《くず》きり――黒蜜がけ――に箸を付けている。甘いものは別腹という一言の重みを、しっかりと確信しつつ、湯飲みに口を付けているところへかけられた大将の一言は、せっかくの至福の余韻を台無しにするのに十分な効果を持っていた。

「そういえば次郎ちゃん、ムンちゃんセンセ、どないしはったん。見かけんようやけど」

「センセちゃう。知らんわ、あんな男」

「知らん、いわれてもなあ。うちのツケも少なからずあるし」

「ツ……ケ……て、なんじゃゃ、そりゃあ！」

「いざとなったら大悲閣が肩代わりするから、いわはってねえ。そらもう、旬を食べ放題、銘酒を飲み放題の豪遊三昧で」

「んな、アホな。なにいちびってんねや、あのスチャラカ作家」

寿司割烹・十兵衛は食材の確かさ、大将の腕の確かさで知られ、しかも値段は手頃とあって常連客から愛される名店である。しかし、それはあくまでも「この値段で、この逸品が食べられる」という意味でのお手頃感であって、日頃、どこぞの居酒屋チェーンの水っぽいチューハイを愛してやまないムンちゃんが豪遊できるどころか、そのような暴挙が許される店ではない。僕？　むろん例外ではない。ミクロンの厚みに迫らんとする薄給を切りつめ、切りつめてようやく月に幾度か通っているのである。渡月橋から徒歩で二十分、嵐山観光地区の番外地に位置する貧乏寺の寺男ゆえに金の使い道がないからだろうって。せめて深山幽谷《しんざんゆうこく》の山寺、くらいのことはいえないものか。

ムンちゃんの行方を知らないわけではなかった。

無法にも当山に居座り続けるバカミス作家・水森堅は、ひょんなことから《裏《マイナー》京都ミステリー》なる短編を某出版社の某中間小説誌に発表する機会を得た。これまで京都を舞台にしたミステリーは星の数ほどあるが、彼の作品に描かれていたのは京都を住まいとする一般市民にしかわからない、京都日常関係犯罪ミステリーとでもいうべきもので、これが編集部に受けた。人の運気の流れとは面白いもので、その一作のおかげで彼は、一話完結の短編連作を、雑誌で手がけることになったのである。

ところが、自ら「永久厄年作家」を自認するだけあって、運命はそう簡単に好転しなかった。自らが巻き込まれた事件、僕や折原から聞いた事件などを参考にして数話を仕立てたものの、あえなくネタ切れ。確か昨月は、作品を仕上げられずに、編集者がいうところの「落っことし」たのではなかったか。さすがにこの山寺まで追っかけてくる編集者はおらず、あるいはそれほどの価値があるとは認められていない作品なのかもしれないが、ともかく昨月は事なきを得た。しかしピンチはそれで完全回避されたわけではない。締め切りの足音は今月も着実に近づく。

そこで。

ムンちゃんはあっさりと路線を変更することを思いついた。

日本全国に小京都と呼ばれる地方都市はいくつもある。それぞれを舞台に、旅情を絡《から》めつつ、郷土料理なども堪能しつつ、現役作家探偵が難事件を解決してゆく。そうそう、地元美人との仄かな恋愛なんぞも描いてみたりして……ええやんか、それ絶対に受けると思うわ。というわけでシリーズは「裏京都（含む小京都）ミステリー」に模様替えをします。では僕は取材に行って来ます。

と、彼が寺を下りたのが三日前のことだ。「萩《はぎ》・津和野《つわの》格安バスツアー・三泊四日二九八〇〇円」とやらに潜り込んだらしい。小京都といえばどこかのテレビシリーズに似たような作品があった気がするが、彼の作家的良心に抵触しうるものではなかったのだろう。となれば、当方にしたって関知するところではない。そうした事情が積み重なっての「知らんわ、あんな男」なのである。

とはいえ、店にツケが残っているとなると、話は他人事ではない。

「あのね……大将、その、ムンちゃんのツケっていくらくらい……やろ、ねえ」

「さあてねえ、正確な計算はまだしてへんにゃけど」

ざっととといいながら、大将が指を二本立てた。よかった、それくらいならなんとかなるし、いざとなったら折原に金を借りて精算することもできるだろう。この店を失うくらいなら、よほどましだ。などと安堵する僕の気持ちを慮《おもんぱか》ってか「悪いけどね、次郎ちゃん」と、大

将は心から済まなさそうにいって、

「たぶんやけど単位、ちごてるわ」

とどめの一言を口にした。

「二十万！　あの馬鹿作家、帰ってきたら仏罰喰らわせたらなあかんで」

二人のやりとりにいっさい口を挟もうとしなかった折原が、何事もなかったかのように静かに立ち上がろうとした。横目で僕を窺い、タイミングを計っていたのだろう。

「イチ抜けたア、てなこたあ許さへんで」

「でもさ、やっぱりそれは大悲閣の問題で」

「もともと、あの馬鹿、京都につれて来はったんは誰やったかな」

「……わたしですう」

「なら、責任の片棒もついでに担いだり」

よほど空気に刺々《とげとげ》しいものを感じてか、あるいはその源に自分の発言がある責任を感じてか、大将が「ちょっと頼み事があんねけど」と、声を潜めた。

「なんや」

「場合によっては、ムンちゃんセンセのツケ、おおまけにしたってもいいんや」

とたんに僕の機嫌は平常レベルに戻った。どうやらみやこ新聞文化部の暴走列車、折原けいの影響が精神のどこかに強く及んでいるらしい。くわばら、くわばら。

「実はなア、ある店に行ってみてもらいたいんや。できればけいちゃんと」

「ある店？」


出されたのは海老シュウマイを揚げたものと、野沢菜のお新香。シュウマイの方は文句のつけようのない業務用冷凍食品だし、野沢菜に至っては近くのスーパーで買ってきたとおぼしき、極彩色の着色製品だった。ある意味、これ以上の完璧を求めようのない究極の出来合い品といってよい。

「今日のおすすめを」と注文して、出てきたのがこの二品だ。

「どうしましたか、手もつけないで」

店主の声には、なんの感情もなく、そして「なにか文句でもおありで」という凄みさえない。

「いや、この店は安くてうまいものを食べさせると、聞いてきたものだから」

僕は標準語を使用することで、よそ者を装うことにした。

「美味しいですよ。揚げシュウマイなんか、芥子醤油《からしじょうゆ》で食べると、ビールにぴったりです。野沢菜も歯ごたえがいいし。もちろん舌代も大衆並みです」

「はあ、そりゃ、そうですね」

店の屋号は《下《さが》り松・十兵衛》。ちなみになじみの十兵衛の正式名称は《西の京・十兵衛》

である。店名からも明らかなように、二軒は兄弟店である。もとは祇園にある本店で修業をした二人が、暖簾分けの形で二軒の店をほぼ同時期に開店させたという。本店と仕入れは同じだが、祇園と違って店舗賃貸料が格段に安い。おかげで十兵衛では、本店と同じ逸品を、ずっと安価で堪能することができる。

下り松・十兵衛の店主の名は藤尾誠二《ふじおせいじ》。十兵衛の大将にとっては弟弟子に当たる。

その店が、最近おかしい。聞くところによると、箸にも棒にも掛からぬ出来合い品を出しているという。自分の目と舌で確かめればよいのだが、なにせ互いに本店で修業した身では、どうもばつが悪い。済まないが様子を見てきてくれないか。そんな半端《はんぱ》料理を出す男じゃないのだ。もしなんらかの理由があるなら、それも探ってほしい。

十兵衛の大将からの依頼の半分は、先ほどの二品で十分に確認が取れた。藤尾誠二は、風説に違《たが》わず、出来合いの料理を平気で出しているし、店は西ノ京町の店とは全く別の、場末の一杯飲み屋と化している。

――ただしなあ。

洋芥子をたっぷりと溶き入れた醤油に海老シュウマイを軽く浸し、口内でかみ切りながら僕は思った。東京は銀座の一流寿司店でさえも、不景気の荒波にもまれたあげく、食べ放題の寿司屋になったという話を聞いたことがある。出先の見えない不況下で、果たして孤軍奮闘することのみが正しい選択であろうか。

魚のすり身と挽肉とをブレンドした海老シュウマイは、店主のいうように、決して罵倒されるべき味ではなかった。品書きの値段を見れば、良心的ともいえる。藤尾誠二が、本店の味を守り抜いて討ち死にするよりは、と安価な大衆居酒屋への衣替えを決断したとして、果たしてそれを単純に糾弾してよいものだろうか。

料理にだって美学はあるのだろう。ないはずがない。けれど人は、なによりも生きることを優先しなければならない。かつての僕が、生きるために裏の稼業に手を染めていたように。といえばなんだか安直な言い訳に聞こえてしまうのだけれど。

店を出て、近くの喫茶店に入ると折原が待っていた。この女性記者は失礼にも、店の表に張り出した品書きを一瞥するなり、「わたし、遠慮しとくわ」と、踵を返しやがったのである。わたしの口にはとても合いそうにないからと、いわずもがなの一言まで残して。

「どうだった、下り松・十兵衛の感想は」

「ええ店やよお。値段は手頃、味はまあまあ。まさしく庶民の味方ちゅうとこや」

「客単価は？」

「そやねえ、一人千円札が二枚もあったら泥酔状態、かなあ」

「一杯飲み屋じゃないの、まるで」

折原の口吻《こうふん》には、それじゃあ大将が気遣うはずだと、非難の色が濃くにじんでいる。

「一杯飲み屋、結構やないの」

「その部分で論争はしたくない。一杯飲み屋がいいか悪いかじゃなくて、そこまでレベルを落として十兵衛の暖簾を掲げていいか、悪いかなの」

——確かにねえ、マグロの刺身が三五〇円だものなあ。

その値段で出せるマグロといえば、たかが知れている。スーパーの特売で買ったパックの赤身がせいぜいだろう。

「要するに大将の弟弟子は、生きるためにプライドを捨てた」

「それも人生における重要な選択やと、思うねんけどな」

そういいながら、僕は胸の裡《うち》のどこかに引っ掛かるものを感じていた。

西の京・十兵衛の大将の「そんな半端料理出す男じゃない」という一言である。

——張りつめた一流料理人の心を豹変させ、弾けさせた理由があるとすれば……。

しばらく思案してみたが答えが見つかるはずもなく、それ以上考えるのをやめた。

折原が意外な材料を持ち込んだのは十日後のことだった。山門へと続く石段を息を切らせて駆け上がる彼女の鼻の穴が、平静時の約一・三倍に膨れあがっているのを見て、僕はそのことをいち早く確信した。

「どう。あれから十兵衛……といっても西ノ京町の方だけど、行った?」

「行けるわけないやん。あれっきりのことでムンちゃんのツケぇ、チャラにしてもらわれへんわ」

「そうねえ」という折原の目が、好奇心の光で満たされている。真っ先に十兵衛の名が出たことで、折原が見つけてきたのが下り松・十兵衛に関するネタであることは明らかだった。もったいぶってないで、早くネタを出しなさい。寿司屋だってネタは新鮮なうちに客に提供するのが、義務であり職責であり、良心なのだから。

と催促する前に、折原の唇が高速運動を始めた。

（二）

ことの発端は……さてどこまで遡ればよいのだろうか。

とりあえず、河原町《かわらまち》四条《しじょう》の繁華街。さして繁盛しているわけでもないスナックから始めることにしよう。店名などどうでもよい、ありきたりのスナック。昔はちょっとは見られたろうが、今では厚化粧が無惨なママと、満面笑みを浮かべているくせに目だけが笑っていないバーテンが二人で切り盛りする、そこここの路地裏のどこにでもありそうな店に、三人の客がいた。二月五日のことだ。

馬場《ばば》洋二《ようじ》・四十五歳。

東堂《とうどう》保《たもつ》・二十九歳。

坂井直之《さかいなおゆき》・三十三歳。

三人とも東京に本社を置く、オフィス用品専門商社の社員だ。馬場は半年前から京都支社に出向中。東京に妻子を残しての単身赴任だ。東堂と坂井は、関西方面の営業活動を強化するために約一週間の予定での出張、昨日から京都入りしている。二人とも馬場が東京本社に勤務しているときは、彼の直属の部下であったから、当然のことながら夜は盛り上がる。焼鳥屋からバー、そしておきまりのはしご酒の終着点が、このスナックだ。

「住めば都といいますが、やはり京都はいいですよねえ」

「ばか、いうな。京都なんて町はなあ、観光や出張でくるぶんにはいいが、断じて住むところじゃねえぞ。夏のクソ暑さ、冬の極寒、まともに過ごせるのは春と秋くらいのものだ。それも、やがてくる夏と冬とに怯えながらの生活だ。そんな京都暮らしを東堂、おまえわかるか」

酔っぱらった勢いとはいえ、馬場の口振りは憤懣やるかたない様子がありありと見て取れた。それも仕方がない、かつては本社営業部のエース、いずれは取締役への昇進を約束されていた馬場が、部下の小さなミスを理由に、京都支社に飛ばされてしまったのだから。

東堂と坂井は密かに顔を見合わせ、小さくうなずいた。

「だいたい、京都の連中はケチくさいんだ」と、馬場の罵倒はなおも続く。

上着のポケットから取り出したのは、マッチ箱だった。薄い紫の地紋に「小料理　忍《しのぶ》」と書かれているのを、馬場は東堂に見せた。

普通マッチてえのは、表に店の名前。裏に住所と電話番号を入れるものだろう。もしくは表に店名と連絡先、裏には最寄りの駅からの地図というのが、関東では一般的だ。

「ところがだ」と、馬場は親指と人差し指を使ってマッチを反転させた。酔っているわりには鮮やかな、そしてどこか大仰な手つきだったと、坂井は後に供述している。

マッチ箱の裏面は、表面とまったく同じだった。書かれているのは「小料理　忍」という店名と、住所、電話番号。

「要するに裏と表の印刷を変えれば、それだけ金がかかる」

「そうですね。印刷の原版が二枚必要になるわけですから」

「かといって裏が真っ白ではみっともないだろう」

同じ地紋、同じ文字を印刷すれば原版は一枚で済む。「しみったれたことしやがって」という一言で、馬場はひとまず京都批判の矛《ほこ》を収めた。

あとはおきまりの上層部批判。本社人事の最新情報、スキャンダル。女子社員の結婚話で盛り上がり、何杯かの水割りがそれぞれの胃袋に消えていった。

東堂が、トイレに立ったときのことだ。「そういえば」と、馬場が先ほどのマッチを取り出し、坂井に見せた。

「店名と電話番号を控えておいてくれ」

「どうしてですか」

「明日の営業報告、な。東堂は京都市内だから就業時間内に戻れるだろうが、きみは大阪だから京都に帰ってくるのは午後七時過ぎになる」

「ええ、たぶん」

「そのくらいにはいつも、この店にいるんだ」

「携帯に連絡を入れますよ」

「最近調子がよくなくてな。どうも充電池が劣化しているらしい。新しいものに買い換えたいといったら、支社長からストップが掛かった」

「経費節減の折ですからねえ。ああ、それで店の電話番号を」

「うん。携帯につながらないときは、店に電話してほしい。ほとんど毎日顔を出しているから」

「それでも捕まらなかったら、独身寮の方へ、ですね」

「そういうことだ」

坂井はいわれた通りに店の電話番号を手帳に書き込んだ。

千鳥足の三人のサラリーマンが別れたのは、あと少しで日付の変わる午後十一時半過ぎだった。

「と、まあこういうわけよ」

折原が取材メモを見ながらまくし立てるのを、僕はじっと聞いていた。聞いていたというよりは、この女性記者がなにをいわんとするのかが、まったく理解できなかっただけなのだが。

「で、それから」

「もちろん事件が起きます。これまではほんのプロローグ」

「もうちびっと、話を端折《はしょ》ってくれへんかなあ」

まあ事件は起きるのだろう。きっとその三人のサラリーマンの間で。だからどうなのだ。三人の内の誰かが当大悲閣と関わりがあるとは思えないし、仮にあったとしても僕にはなんの関心もない。ま、ちびっとくらい、ないわけではないが。

それに、折原が持ってきたのは下り松・十兵衛に関するネタではなかったのか。きわめて根元的な質問をすると、折原の鼻の穴が再び膨れあがった。

「ないわけないでしょう」

「そやろなあ。これでなんの関係もなかったら、とんだ無駄話やわ」

先ほどの三人のサラリーマンの会話が行われたのが約ふた月前。そして、

「下り松・十兵衛の店主が態度を急変させ、それまでの寿司割烹を一杯飲み屋に堕落させたのも約二カ月前なのよ」

「そんなん、偶然以外のなにものでもないんちゃうん」

「ところが、二つの出来事をつなぐ、ミッシングリンクが存在したのでありました！」

どうしていつも、いつもこうなるかなあ。折原が飛びつくと、小さな偶然がたちまち事件へと変貌するのはなぜだろう。それが単なる妄想ならば笑い話で済むのだが、決まって事件は現実味を帯び、否応なしに僕やご住職を巻き込む結果となる。もしかしたら悪いモノでも憑いているのではないか。ならばご住職に頼んでお祓《はら》いも考慮せねばなるまい。もちろん有料ではあるが。

「聞いてる？　アルマジロ」

「有馬次郎や。人をケダモノ扱いするんやないて」

「とにかく、彼ら三人のサラリーマンの間に起きた事件と、例の下り松・十兵衛とはある一点でつながりを持っているの」

再び折原の話が始まった。

サラリーマンの一人、東堂保の遺体が阪急上桂《かみかつら》駅近くの児童公園で発見されたのは、二月七日のことだった。早朝、犬の散歩で通りかかった近所の老人が、公園内の茂みに男が倒れているのを発見。警察に通報したのである。

死因は後頭部を石塊《せっかい》で強打されたことによる脳挫傷。凶器はまもなく発見された。死亡推定時刻は、当初は午後八時から十時の間とかなりの幅があったが、近所の住人の証言から、午後九時十分前後と限定された。ちょうどその時間、公園近くに住む受験生が争うような物音と男の叫び声を聞いたのである。

　被害者が出張中のサラリーマンとあって、物取り、あるいは突発的な暴力事件に遭遇した可能性が捜査班内部で示唆されたが、捜査が進むにつれて浮かび上がった容疑者は、馬場洋二だった。


「なんで馬場洋二なん。それに……なんで遺体発見現場が上桂やねん」

「それがね……馬場が京都支社に左遷されることになった原因が、東堂だったのよ。東堂の失敗を尻ぬぐいするかたちで、馬場は本社勤務をはずされた」

　遺体が上桂で発見されたのは、東堂の宿泊先が現場近くのビジネスホテルだったからだ。どうやらホテルから公園に呼び出され、そこで殺害されたらしい。

「左遷ついでに出世レースからも脱落し、か。そらあ恨むわなあ」

「ところが東堂本人にはまったく自覚がなくて、周囲には『馬場さんも運が悪い』なんて吹《ふい》聴《ちょう》していたらしいの」

「あちゃあ、殺意にベーキングパウダーぶち込んでるようなもんやわ」

「動機は十分ある。ついでにいうとね、顔ははっきりとしないけれど、馬場によく似た背格好の男が、現場近くで目撃されているのよ」

「なんや、それで決まりやん」

ところで下り松・十兵衛の一件はどうしたのだろう。いったいどこでリンクするのかしらん。などと暢気に構えていると、折原の双眸に邪悪というか、無邪気というか、歓喜というか、とにかくなんとも表現しがたい光が走った。

——やっぱり、なんか取り憑いてるわ。

「それがね、ちっとも決まりじゃないのよ。死亡推定時刻に、馬場には立派なアリバイがあったの」

「アリバイ?」

「馬場洋二は午後九時ちょっと前まで、一乗寺《いちじょうじ》下り松町にある、とある居酒屋でお酒を飲んでいたこと、証明されたのよ」

「まさか、それが下り松・十兵衛やと?」

「ううん、じぇ〜んじぇん違う店」

「なんやそれ。人を虚仮《こけ》にしとんか、ええ」

「話は最後まで聞きなさいよ。馬場のアリバイを証言したのは、下り松町の住宅地からちょっと離れた、はっきりいってかなり寂れたあたりにある《忍》というお店のママさん」

「ちょっと待ちい。その名前、どっかで聞いたことのあるような気ィするで」

そういえば、サラリーマンの会話の中で、その店は登場している。例の裏も表もまったく同じ図柄のマッチ箱。そこに書かれていた店の名だ。

「で、馬場は確かに九時前までそこにいた、と」

「一乗寺下リ松町から上桂の現場まで、どんな交通機関を使っても小一時間は掛かる」

「つまりは、犯行は不可能。アリバイ成立ちゅうわけか。けど、警察かてアホやない。いや、十分なアホがいてることは確かやが」

「府警の碇屋警部、今頃、突発性花粉症で苦しんでるだろうなあ」

「ちゃちゃ入れなや。当然ながら忍のママさんと馬場が共犯の可能性も考え、捜査したんちゃうんか」

「もちろん。でもね、もっと強力な証言が得られたのよ」

「ははん、わかった。さっきの話にあったな。もう一人の坂井とかいうサラリーマン」

「そうなの。午後九時ちょっと前というのは坂井直之が、店に電話を入れた時間なのよ」

「そうか……坂井が店に電話を入れる。当然、店のママがまず電話に出て、馬場を呼び出す。うん、そらあ、確かなアリバイや」

もしもし。はいしのぶです。済みません、そちらに馬場さんてお客さんいらっしゃいますか。ああ、馬場さん、お電話ですよ。はい代わりました馬場です、おお坂井か。

電話は十分ほどで切られたが、その時点ですでに午後九時を回っている。瞬間移動能力の持ち主でもなければ、犯行は不可能だ。

「となると、警察は物取りその他の線に捜査方針を変更せざるを得ないか。突発的な事件、事故か。いずれにしても地味な事件やん」

「そうじゃないんだなあ」

背筋に、冷たいものが走った。あるいは折原に取り憑いた悪しきものが、僕に触手を伸ばしたのやもしれぬ。「ところで、下り松・十兵衛はいつ登場するん」と、あえて快活を装ったのは、魔よけの儀礼に他ならない。ところが……。

「それはネ、いまから登場するの」

折原の表情に宿ったのは、紛れもなくメフィストフェレスの笑みだった。

（三）

一週間ぶりに訪れた西の京・十兵衛はほぼ満席状態。僕が一人座るのがやっとの繁盛ぶりだった。とてもじゃないが大将と話をする状態ではない。酒盃の中身を舐《ねぶ》るようにねちり、ねちりとあけ、塩辛の小鉢一つで時間を稼いだのは、懐具合のわびしさも理由の一つだが、いくつかの考えをまとめたかったからだ。

「お待ちどおさん、次郎ちゃん」と、大将が声を掛けてくれたのはオーダーストップを過ぎてからのことだった。あとは若い衆に任せておけばいいからと、大将は小座敷へと僕を誘った。

「まあ一杯」と、差し出された茶碗酒を、僕は半分ほどあけた。器こそ雑ぱくだが中身はこれまで飲んだどの酒よりもこくのある、上等品だった。同じ酒を自らの茶碗に注ぎ、大将がぐいとやる。肴は若狭湾に揚がったぶりの塩干しを、ざっと焙《あぶ》ったもの。

「で、どないな塩梅やった？」

「ええ店やよ。お客さんもぎょうさん入ってはったわ」

「せやのうて、その、料理の味は」

「……」

「やっぱし、噂通りか」

「あんなあ、大将。僕は思うねんで。きょうび、えらい老舗の店かて、ばたんばたんつぶれてはる。生き残るためには、多少の」

「そら、そや。わかってんねん。けどなあ、あの男が」

そういったきり、大将は黙り込んでしまった。ややあって、話をしてくれたのは日本料理に凄まじいばかりの情熱を燃やした、一人の料理人のことだった。

藤尾誠二が十兵衛本店に見習いとして入ったのは十五年前。中学を卒業したばかりの坊主頭のことを、大将は今でもはっきりと覚えているという。当時、大将はすでに追廻《おいまわし》と呼ばれる雑用下働きから、焼き方に移っていた。焼き方は同時に後輩の指導係でもある。大将の指導のもと、藤尾は恐ろしいばかりの勢いで料理の技術を磨いていった。

「そらあ、乾いたスポンジが水を吸い取るようやった」

「ずいぶんと努力もしはったんやろね」

「なによりも才能が凄かった。一のこと教えたら五までは理解しよる」

まもなく藤尾もまた焼き方に昇進。そうなると大将の競争心にも火がついた。二人は競うように技術を磨き、やがて煮方に。そして板場《いたば》を任されるようになっていった。

「けど、それをおもろないて思わはるお人がいはってなあ」

小さな事件が起きたのが六年前。努力と才能の人である藤尾誠二を煙たがったのは、他ならぬ当時の板長《いたちょう》だった。仕入れの問題で藤尾に難癖をつけ、追い出しにかかったのである。温厚な性格の中に、静かな感情の炎を秘めた藤尾は、あっさりと十兵衛本店そのものに見切りをつけてしまった。大将がそれに同調した。あわてたのは、店の経営者だった。誰もが認める腕前の板前二人が、同時に辞めたのではよくない噂が立つ。なによりも経営者は二人の腕前を惜しんだ。ならば暖簾分けの道を選んではどうか。資金も協力しよう。仕入れも本店経由ならば、よいものが手に入る。

こうして二つの十兵衛が誕生した。

「あいつな、一乗寺下り松町に店を出すときにいいよったんや。自分で納得できひん料理作るくらいやったら、いつでも包丁をしまいます、ってなあ」

「包丁をしまうて、要するに料理人を辞めるいうことやね」

「それほどの決意と信念を持った男やで」

「一杯飲み屋の料理に満足できるはずない、か」

「そう思いたい。もしそうでないなら、宗旨替えの理由が知りたい」

なあ次郎ちゃんと、大将はもう一杯、茶碗酒をあおった。

僕は迷っていた。果たして、折原からの情報を大将にストレートに伝えてよいものかどうか。

「大将は、下り松の十兵衛の近くに《忍》いう、小料理屋があんのん知ってはる？」

「知らいでか。あそこのママやってはるんは、矢島良子《やじまりようこ》いうて、藤尾のええお人やないか」

「そっ、そうか、それまで知っててんねやったら」

「良子ちゃんが、どないかしたん」

「いや、たいしたこっちゃあらへん」

東堂保が殺害されたのが二月六日の午後九時十分前後。有力容疑者であった馬場洋二のアリバイを証言したのが、小料理屋《忍》のママである矢島良子。矢島良子と藤尾誠二は恋仲にあり、真摯《しんし》な料理人であった藤尾が突如宗旨替えして、店を一杯飲み屋に変えてしまったのが、事件直後のこと。

折原のいうミッシングリンクとは、矢島良子その人のことだった。

大悲閣に戻ると、庫裡の奥から「ちょっと、ええかな」と、ご住職の声がした。

部屋に入ると同時に、ほうじ茶のよい香りが漂ってくる。かといって、ご住職が自ら飲むために茶を入れたわけではなさそうだ。第一、湯飲みがどこにも見あたらない。

「最近は、面白いものを売っているね」

そういって指さしたのは、香炉に似た焼き物だった。壺のようにも見えるが、透かし彫りの隙間から、蠟燭の炎が見える。焼き物の上には平皿が載っていて、そこに木くず状のなにかが置かれていた。

「番茶をね、こうして蠟燭の炎で間接的に焙るんや」

「はあ、それでこんなにもよい香りが」

「じっくりと時間を掛けてほうじ茶を煎《い》るようなものやね」

どうやら古道具屋で見つけてきたものらしい。こうしたものに興味を示すのは毎度のことではあるが、それを自慢したいわけではないようだ。

「話は、折原君から聞いた」

「来たんですか、あいつ」

「うん、一時間ばかりまえに帰ったとこや」

「あいつ、ほんまにいらちやなあ」

いらちとは、気の短い人間をいう京言葉である。事件の調べがいっこうに進まないことに苛立った折原は、ご住職の知恵を借りに来たようだ。

「で、どうかね、解決の目処《めど》は立ちそうやろか」

「馬場洋二という男のアリバイさえ崩すことができれば」

「折原君の話によれば、二人の人間の証言があるそうやね」

「はい。馬場が犯行時刻にいたという店の人間。そしてそこに電話を確かにかけたという男。二人の証言に食い違いがない以上、彼を疑うわけにはいきません」

どちらかが共犯である可能性は否定できないものの、二人とも共犯とは考えづらい。さらに後でわかったことだが坂井は電話を掛けたとき、京都支店の同僚と行動をともにしていて、その様子を間接的にではあるが目撃されているのだそうだ。携帯電話から漏れ聞こえた声はほぼ馬場に間違いないと、その同僚は証言している。

「手詰まり……か。だが、完璧なアリバイほど疑ってかかるんが、探偵小説の常套《じょうとう》やから」

同じ台詞を折原の口からも複数回、聞いている。いかん、これは絶対にいかんですわ。もしかしたら折原菌がご住職にまで感染しているのではないか。顕微鏡越しに、プレパラートいっぱいにうごめく折原の姿を想像して、僕は本気で戦慄《せんりつ》を覚えた。

「その、下り松・十兵衛の問題は」

「これも不明です。どうして藤尾誠二は、店を急に変えてしまったのか」

「不景気で、客の入りがよくなかったとか」

「確かに西ノ京町の十兵衛に比べて、立地の条件はよくありません。ですから経営は決して楽ではありませんが、なんとか経営を維持することはできたようです。周囲の飲食店にも聞いてみましたが、そこそこ、常連客もついていたとか」

「そこそこでは、あかんかったんちゃうやろか」

「といいますと」

「どうしても生き残りたかった。たとえプライドを捨ててでも生き残るには、そうするしかなかった、とか」

「料理人のプライドを捨ててまで、ですか」

「人は誰も胸に輝ける星を持ってはる。その星のために、人は生きてるんや。そして輝ける星はときに変化する。違うかな」

僕はただ、うなずくばかりだった。うなずくものの、謎はいっこうに解き明かされず、心の霧はますます深くなってゆくばかりだ。一方で。

——犯人は、馬場以外にない。どこかに見落としがある。

との思いもまた、深まるのだった。

（四）

西ノ京町にある十兵衛の大将から紹介されてね、というと、矢島良子は「ああ、そうですか」と愛想よく笑った。おしぼりと一緒に出されたお通しは、春菊の卯の花あえ。隠し味には胡麻を使っているらしい。

「あちらの十兵衛さんの常連なんですか」

「常連いうほど、通うてませんわ。なにせ、お値段がよろしいから」

年の頃は三十前後か。今時珍しい黒髪を、後ろで古風に束ねているが、決して老けて見えるわけではない。むしろその素朴さ、飾り気のなさが、よけいに彼女のたたずまいを凛《りん》として見せているようだ。

そういえばと、話を下り松・十兵衛に持っていこうとした。

下り松の方の大将とはずいぶんといい仲だそうですね。西の京の大将から聞きました。でも、どうして下り松は、店をあんな風にしてしまったのでしょう。

そういうと、矢島良子の顔色がはっきりとわかるほど変わった。

「どないか、しはりましたか」

「いえ、べつに」

「ついこないだ、行ってきたんですわ。前はあんな店やなかったのに」

「……」

「冷凍のシュウマイに、市販品の野沢菜。あれじゃあねえ」

「でも」と、矢島良子が、言葉を濁した。

「確かに、まずうはなかった。値段からいうたら良心的や思います。けどなあ」

「まずくはなかった……当たり前です」

矢島良子ははっきりとした口調でいった。

「当たり前？」

「誠二さん、決して手を抜いている訳じゃありません。冷凍のシュウマイだって、全国のメーカーからサンプルを取り寄せて、選んでいるんです。野沢菜も同じです。わざわざ長野まで行って、そこで値段に見合うものを探し出してきたんです」

「そりゃあ、驚いた」と口にしたのは、決して揶揄《やゆ》でも皮肉でもなかった。心から驚いたのである。だとすれば、藤尾誠二はたとえ店の格を落としたとはいえ、料理人のプライドまで捨てたわけではないかもしれない。

「そこまでしはんねんやったら、なんで店を……前のままで十分やないですか」

「わかりません。わたしにはあの人の考えていることがわからない」

その言葉に嘘はないと思った。

——けれど。

矢島良子から吹いてくる風には、明らかな偽りの匂いがした。

僕の中の《俺》が、かつて犯罪者であった経験則が、それをはっきりと感じ取っていた。

渡月橋から徒歩で約二十分。さらに長い石段を登り詰めたところにあるのが当山で、日頃来慣れている折原さえも、夏の盛りには犬のように舌を出して息を荒らげるほどだ。

その日、石段を竹箒で掃いていた僕は、川船の舳先に仁王立ちし、鼻の穴を最大限に膨らませて胸を張る折原けいの姿を見た。

どうやら保津川遊覧船を一艘《そう》、借り切ったようだ。その全身から、勝利のオーラを噴き上げている。山道を二十分も歩いてられるか。天下のみやこ新聞文化部エース記者、折原けい推参！　膨らんだ鼻の穴が、そう告げている。おまけに船が着岸するや、「たあっ！」と雄叫びをあげ、舳先を蹴って飛び降りたあげくに、すっころべって尻餅をついた。

「あんなあ、特撮のナントカ戦隊ちゃうねんから」

「痛《い》たっ、皮肉をいう前に手を貸しなさいよ」

竹箒の柄を差し出すとそれにつかまり、折原けいが腰を上げた。

「なんや、ものすごい大仰な登場の仕方やん」

「だって、わたしは名探偵だもん。名探偵にして現役エース記者、知性と美貌の人、折原けめた。
「あっ、そのいいかた」
といっただけで、折原にもわかったようだ。顔色が真っ赤になり、そして一瞬にして青ざ
いなんだもん」

今は亡き、じゃなかった、とりあえず今のところは姿を消している、どこかのバカミス作家そっくり。そうだ、おまえとムンちゃんとは「類は友を呼ぶ」関連でつながっているのだ。おまえとムンちゃんは、鏡の表と裏に過ぎないのだ。


しばらくいたぶっていると、急に折原が開き直った。

「だってねえ、わたしは解いてしまったんだから」

「邪悪な封印をか」

「ええい！　陰陽師……というノリは、もう古いの」

「まだブームは続いてるみたいやよ。映画の続編も作られるいうてるし」

「そうじゃなくて、アリバイトリックの謎を解き明かしたのよ」

そのようなボケと突っ込みを繰り返しながら、石段を登ればそこは、猫の額ほどの境内だ。

「アリバイトリック」という言葉が耳に届いたのか、庫裡からご住職も姿を現した。

人数分の紅茶を淹れ、レモンを厚めに切って別皿に盛りつける。茶菓子は西院のさる老舗の干菓子。なんだか奇妙な取り合わせだが、これが雑談には実に合う。三人そろってひとけ

のない客殿に腰を下ろすと、

「さて諸君」と、折原がいった。その言葉は滑稽なほどの自信に満ちあふれていて、かえって僕を不安にさせた。願わくは暴走列車と化しませんように。横を見ると、ご住職は背筋を伸ばし、静かに話が始まるのを待っている。

「すべては京都人特有のせこさから始まったのです」

——あかん、こらあきませんわ。暴走が始まりつつある。

「ここに一人の飲食店経営者がいるとします。店は思いの外、大繁盛しています。さて、彼は次になにを考えるでしょう。はい、アルマジロくん」

「なに学校の先生入っとんねや。それにぼくの名前は有馬次郎。ま、ええか。せやな、店が繁盛したら、とりあえずは……女ァ囲うとか」

「落第点。それにあなたにもムンちゃんが乗りうつりつつあります」

「冗談やて。そりゃあ、まずは店の数を増やすこと、考えるやろね。どっか別の場所に支店を出すとか」

「あるいは、別の店を経営するとか」といったのはご住職だった。

「ご住職、大正解。じゃあ、全く別の二軒目の店を出す準備として、大切なことは」

むろん市場調査、立地条件の良し悪し、賃貸の店舗ならば家賃および保証金の額、保証金の償却期間と償却率。

――だが……。

僕には折原の思考がおよそ読めてきた。

「マッチ、か」

「その通り。普通、関東では二軒目のマッチは全く別のものを作ります。ところが京都人は、というより関西人はもっと合理的で、せこいことを思いつくんです。不思議なことに誰彼申し合わせをしたわけでもないのに、同じような様式のマッチを発注してしまうんですね」

「そういうことか」

「半分くらいは理解できたかな」

その言いぐさがいちいち小憎らしい。いっぺん嵐山の山中に置き去りにしてやろか、末端なりといえども仏道を歩むものにあるまじき思いを密かに抱きながら、僕は折原の次の言葉を待った。胸の裡にちょびっとだけ、「やるやないの」との思いもあるのだが、そんなことは絶対に口にしてやらない。

「なぜかこちらの人間は、二軒目のマッチを作るとき、片面に一軒目の店に関する情報を、片面に二軒目の情報を印刷するのです」

そういって折原が取り出したのは、一個のマッチ箱だった。片側には「カレー専門店　いんでぃら」の店名と、住所・電話番号が。裏を返すと「スナック　可憐《かれん》」の店名および住所・電話番号が書かれている。

「これね、うちの社の近くのカレー屋さんなの」

みやこ新聞本社は二条城近くにある。マッチ箱に書かれた「スナック　可憐」は北野白梅町近くの住所となっている。両面とも、地紋は同じ薄紫だ。

「なるほどなあ、確かに合理的いうたら、合理的やね」

二種類のマッチと、表裏に別の店名が入ったマッチ。生産コストのことはよくわからないが、確実にいえるのは、一方の店にやってきた客に、二軒目の店のことをアピールすることが可能であるということだ。地紋を同じ色にしているのは、それこそコストの問題だろう。色を二色使って印刷するよりは、一色の方が安いに決まっている。

「このマッチをうまく使えば、今回の事件の謎は解ける。今日のお昼ご飯をこの店で食べていて、突然思いついたのよ。ああ、わたしってば天才」

「解ける、はずやが……なあ、確かに」

「なによ、文句がある」

文句ではない。おぼろげながら見えてきた事件の構図を、整理しようとしているだけだ。

——まず馬場は、舞台として薄暗い場末のスナックを選ぶ。

そこへ誘われたのが東堂保と坂井直之だ。まず、馬場は東堂に向かってマッチ箱を見せて、それが両面とも同じ図柄であることを強調する。店内は薄暗いし、ましてや地紋の色が同じでは、坂井には細かい店名や住所などはよくわからない。とりあえず馬場の口にした「しのぶ」という店名のみがインプットされることになる。

ここにきて、ようやく全貌が見えてきた。

「なるほど、上桂にも同じ経営者の、しかも同じ店名の店があんねんな」

「ビンゴ！　そちらはしのぶはしのぶでも《詩乃舞《しのぶ》》と書くの。こちらが経営者で、《しのぶ》の矢島良子は従業員よ」

「だが問題が一つあるぞ。馬場はまずマッチを東堂に見せ、両面が同じ図柄であることを強調してんねん。そやからこそあとで同じマッチを見せられた坂井は、なんの疑いもなく電話番号を書き写しているんや。住所の違いは指で隠すかどうかしてごまかせるやろ……けどな、馬場はどうやって両面が同じ図柄であると見せかけたんや」

「簡単なことじゃない。マッチ箱は二種類あったのよ。両面が同じものと、違うものと。複数のマッチを用意しておけば、カミソリで表面をはぎ取って両面同じ図柄のマッチを作るなんて、簡単じゃないの」

「言葉で言うほど、簡単やない思うで」

そのときだ。それまでは懐手のまま話に聞き入っていたご住職の手が、すっとマッチ箱に伸びた。「確かに、有馬君のいう通りや」と、いいながらマッチを裏に表にもてあそぶ。それがいたく、折原には気に入らないようだ。「そうかなあ」という言葉に不満がこもっている。

「不自然に加工されたものには、誰しも不信感を抱く。いや、かといって折原君の推理が間違っているとも思えんが」

ご住職が、手にしたマッチを親指と人差し指を使って反転させた。

《カレーハウス　いんでぃら》の裏面には、《スナック　可憐》の店名が……。

そう信じて疑わない僕と折原の口から同時に「あっ」と声が挙がった。

「どうして、裏面にもいんでぃらの店名が！」

僕は全く別の記憶を掘り返していた。馬場がマッチを見せたときの坂井の印象である。

——酔っているわりには鮮やかな、そしてどこか大仰な手つき。

酔っている云々は別にして、それはまさしくご住職がたった今、見せた手つきに他ならない。ご住職は握り拳の内側にマッチ箱を隠し、そっと拳をなでた。開くとそこには《スナック　可憐》の店名がある。

「マジックですか」

「それもごく単純な奴やね」

僕の中の《俺》が、ご住職の手つきを完璧な形で映像化してくれた。しかもスローモーションにして。

「どこで覚えたんです、そんな技」

「ま、いろいろや」

二人のやりとりに取り残された折原が、唐突に切れた。

「わかりません、ぜんっぜんわたしには理解できないのですけれど!!!」

「つまりはこういうこっちゃ」

僕はマッチ箱を取り上げた。そして同じように二本の指で反転させる。

「ちゃんと裏側になっているじゃない」

「さらにこうしたら」と、今度はそのまま手首を半回転させた。

「ばっかみたい。マッチを反転させ、さらに手首を半回転させたらもとの面に……って、あ
あそうか、そういうことなんだ」

「そや。馬場も同じテクニックを使ったんや」

指による反転と手首の半回転、それを同時に行って見せたのである。

これで両面が同じ図柄のマッチが手の中に存在することになる。

あとは簡単に解明することができた。「しのぶ」という店名のみがインプットされた坂井は《スナック　詩乃舞》の電話番号をなんの疑いもなくメモする。そして翌日、彼はその店に電話したのである。当然ながら経営者であるママは「はい、しのぶです」と応対する。そしてそこにいた馬場に取り次いだのである。むろん、馬場の携帯電話はあらかじめスイッチが切られている。「調子が悪い云々」は、そのための伏線だ。電話が終わると早々、馬場は店を出て、あらかじめ呼び出しておいた東堂を殺害したのである。

「ちゅうことは、や。馬場のアリバイを証明した矢島良子は、奴の共犯者か」

「おおかた、お金で買収されたんじゃないの」

「そんな人には、見えへんかったなあ」

どうしても僕には納得できなかった。

矢島良子が馬場の共犯者であったとして、それがどうして藤尾誠二の変心に関わりがあるのだろう。あるいは、単なる偶然か。

いや違うと、どこかで声がした。

「なあ、折原。その件、あと数日警察に通報するのやめてくれへんか」

なあ、頼むわと、僕は繰り返した。最初のうちこそ「冗談じゃない」とごねていた折原も、ご住職が「あと三日だけ」というに及んで、首を縦に振るしかなかった。

「それともうひとつ」

僕は、折原に簡単な調査を依頼した。調査というにはあまりに簡単な、新聞のスクラップ集めのような仕事である。

（五）

《俺》にとって、矢島良子の自宅を探し出すことなど、児戯にも等しかった。ついでにいえば、そこに侵入することも、だ。

ドアの鍵穴を動かす音が聞こえると同時に、俺は毛糸の覆面で顔を隠した。すべての気配を完全に消し去り、部屋の一部と化すことなども、かつての稼業では初歩的な技能に過ぎない。もっとも、最近ではそんな技術はお構いなしの、荒事師が増えているとは聞いているが。部屋の電灯をつけてなお、矢島良子は俺の存在に気づかなかったろう。「お邪魔しています」と、声を掛けるまでは。彼女が叫び声をあげる前に、俺は動いていた。手にはめた軍手で矢島良子の口を押さえ、

「警察を呼びたいならどうぞ。俺は強盗でもないし、ましてや強姦魔でもない。例の一件のことを知っているだけの、ただの部外者だ」

強姦という言葉に、一瞬矢島良子の体が反応したが、例の一件というだけで、ただうなずくばかりとなった。「大声を出さないで」と改めて念を押し、口から手を離した。

「電灯は消しておこう。その方が話しやすかろう、あんたも、な」

矢島良子を床に座らせ、俺は立ったまま覆面を半分上にずらして煙草に火をつけた。そして、馬場の使ったアリバイトリックを説明した後「間違いはないな」と問うと、夜目にも彼女がうなずくのがわかった。

「このトリックを解いたのは俺じゃない。ある新聞記者なんだが、そいつはあんたが金で転んだというが、俺はそうじゃないと見ているんだ」

あんた、馬場に脅されていたねと続けると、また矢島良子がうなずいた。

「ネタは」

反応がない。

「だが、あんたは考えた。もう一つ先のことを、だ」

アリバイを偽証するということは、実はもう一つのメリットを生み出すことになる。馬場のアリバイを偽証すると同時に、

「あんたは考えた。自分のアリバイを証明できる、とね」

二月六日の午後九時前後。馬場が一乗寺下り松の《忍》にいたことを証明することは、同時に矢島良子自身が店にいたことをも証明してくれる。

「これがどういうことを意味しているか」

俺はポケットから新聞の切り抜きを取り出して、彼女に渡した。外光で見出し文字くらいなら見えるはずだ。

「あとは簡単な作業だった。馬場の犯行時刻とほぼ同時刻、起きた事件を調べるだけだったから」

切り抜きには、あるひき逃げ事件の記事が掲載されている。

被害者は友田剛《ともだつよし》。ちんぴらというには年を食いすぎているが、町のダニであることには違いない。自宅のアパートに帰る途中、近くの路上で背後からはね飛ばされ、即死したと記事

にはある。

「あの日、午後九時前後に起きた事件は、これだけだった。ひき逃げをやらかしたのは、あんただね」

それでも矢島良子はしばらく反応を示さなかったが、やがて肩を震わせ、嗚咽《おえつ》をあげ始めた。彼女が平静を取り戻すまで、俺はじっと待っていた。

「友田という男、三カ月ほど前のある日、ふらりと店にやってきました」

ちょうど閑《ひま》な日で、友田と矢島良子二人きりしか店にいなかったことが、悲劇の始まりだった。なにを思ったか、友田が店の戸に内側から鍵を閉めてしまった。あとはおきまりの最悪コースだった。

「それから幾度か、友田に呼び出されました。そして無理矢理関係を結ばされたんです」

「どうして藤尾誠二に相談しなかった」

「いえなかった。友田は自分のことを暴力団関係者だといっていたし、誠二さんには絶対に迷惑を掛けたくなかった」

二人でホテルに入るところを、偶然見かけたのが馬場洋二だった。幾度か《忍》に通ったことのある馬場は、矢島良子と藤尾誠二のことを知っていた。

あんた、とんでもない淫乱女だな。知っているんだ、わたしは。《下り松・十兵衛》の大将と先を誓いながら、とんでもない奴と浮気しているだろう。

「そのことをばらされたくなかったら、アリバイ作りに協力しろ、と？」

「はい。わたし、思いました。だったらこれを逆手にとって、友田を殺してやろうと」

二人の間に、再び沈黙が訪れた。

五本目の煙草を灰にして、持ち運び用の吸い殻入れにしまい込んでから、

「あのな、藤尾誠二は知っていたと思うよ」

「えっ？」

「いや、レイプのことではなく、あんたがアリバイ工作に荷担したことを。それに……なにかの犯罪を犯したことに」

「どうして！」

「下り松・十兵衛の定休日は木曜日。たぶん彼は店にやってきた。だがなぜか店は閉まっている。あとであんたが警察から事情を聴取されたことを聞いて、藤尾はすぐにあんたの嘘に気がついた。なぜそんな嘘をついたのか。あとは俺とまったく同じ思考の道筋をたどったはずだ。もしかしたら、同じように新聞を調べて、友田の事件にまでたどり着いたかもしれんな」

「嘘です、そんなこと」

「嘘じゃない。だからこそ、彼は料理人としてのプライドを捨て、寿司割烹を一杯飲み屋にしたんだ」

わからないかと、俺は畳みかけた。

藤尾誠二は、早晩矢島良子が警察に検挙されることを見抜いていたのである。馬場の逮捕が目前となった今、それは紛れもない現実でもある。

「このご時世だ。いくら藤尾の腕がよくとも、店がいつなくなるかわかりゃしない。だから藤尾はあえて、生き残る道に懸けた。どんな店であってもいい。あんたがいつか娑婆に戻ってきた日、あの場所に《十兵衛》ののれんを掲げていられるにはこれしかない、と考え店を変えてしまったんだよ」

「そんな」という一言が、俺の耳からいつまでも離れなかった。それを振り払うように部屋を出て、俺は駆けだした。

表と裏が違う図柄のマッチ。

そういえば、殺人事件とその裏側に隠された矢島良子の犯罪は、まさしくこのマッチそのものじゃないか。例のご住職のマジックを使って、馬場の殺人事件のみが表に出ればよいが、そうもいかないだろう。

――でも。

僕は信じたかった。二人にはまだいくつもの救いが残されていると。

嵐山・大悲閣は実在します。渡月橋からのアプローチは作中の通りですが、ミステリーという性格上、現実とは異なる部分がいくつかあります。その違いについては、皆様の目でお確かめ下さい。

北森　鴻

【初出】

不動明王の憂鬱　「ジャーロ」二〇〇二年冬号
異教徒の晩餐　「ジャーロ」二〇〇二年春号
鮎躍る夜に　「ジャーロ」二〇〇二年夏号
不如意の人　「ジャーロ」二〇〇二年秋号
支那そば館の謎　「ジャーロ」二〇〇三年冬号
居酒屋　十兵衛　「ジャーロ」二〇〇三年春号　（「居酒屋」改題）

解説

大林道忠《おおばやしどうちゅう》
（大悲閣千光寺住職）

まず最初に、「知る人ぞ知る裏（マイナーな）名刹」大悲閣・千光寺について、説明案内させていただきます。

京都の北西・嵐山にあります。嵐山という山の中に、ございます。厳密には、嵐山連峰の一番小さな峰の頂に、ポツンとたたずんでいます。でもその昔、両脇は滝だったらしく、山中とはいえ、命を支える水は豊富にあったようです。現在も、かなり多くの水を引くことができます。

眼下には、大阪へ向う保津川《ほづがわ》の緑の川を、見おろすことができます。この付近から、渡月《とげつ》橋《きょう》までを大堰川《おおいがわ》と呼び、舟遊びの名所として平安朝のころから、楽しまれています。現代も、祭の時など若いカップルや、海外の方々で、にぎわっています。橋をこえると桂川《かつらがわ》です。途中、桂川・宇治川《うじがわ》・木津川《きづがわ》が合流して、淀川《よどがわ》と変名します。合流地点は、水も多く、水質もよく、現在は特に、ウィスキー等の工場があり有名です。

保津川は、この寺院を建立した、角倉了以《すみのくらりょうい》が、開削《かいさく》しました。本年でちょうど、四百年目に当ります。古来から、都を支える丹波《たんば》地方からの物資を、より効率よく運送するために、一族、多数の協力者のもとに、成し遂げたものです。

角倉という姓は、屋号であり、本姓は、吉田《よしだ》を名のり、滋賀県の佐々木一族の出身でした。京都の角《すみ》の、土倉《どそう》屋ということで、角蔵と名のったようです。

また、当時の京都所司代の板倉《いたくら》氏より、「倉」の使用を許可されたようです。

大堰川は、都の成立する以前、渡来系である秦《はた》氏によって整備されました。両岸には、法《ほう》輪《りん》寺《じ》・天竜寺《てんりゅうじ》があり、渡月橋の管理をしていました。

法輪寺は、京都の人々には、虚空蔵《こくうぞう》さんと親しまれ、十三歳になりましたら智慧を授かりに参詣します。虚空蔵菩薩とは、真言密教の祖である、弘法大師空海の若き日、修法に打ち込んだ菩薩様でございます。江戸時代は、女子はこの日から、ムコ様を探し始めたともいわれます。

天竜寺は、夢窓国師《むそうこくし》が創建された寺院です。この日本が、南朝・北朝と分かれ混乱していた時代に、その和合に努められました。この国師の座禅石が、大悲閣の境内の一角にあり、昔は、マージャンのお好きな方々が、さわりによく参詣されたとか。

国師は、怨親《えんしん》平等（うらみも、親しみも本来、同じではないか）とか、脱体無依《だったいむえ》（この心・命をしばり、不自由にする体の束縛《そくばく》を脱し、あらゆることに依存せず、されど協力し合って、自由に生きぬこうではないか）とか語っています。

嵐山の桜は、奈良の吉野山より移植し、世の和合と、平安を祈念したものです。現代の私たちも、人間という、争いやすい業《ごう》をもつ生物であるということを自覚して、和合の実践と、平安を祈り続けるべきだと存じます。

渡月橋から、上流へ、嵐山の下の道を約一キロ歩くと大悲閣です。途中、「天下一のそうめん」ののぼりが立っています。真夏でも、とても涼しい所です。この谷は、蛇谷《じゃだに》とよばれ、その昔、左甚五郎《ひだりじんごろう》という有名な彫師《ほりし》が、生身の竜を見たという谷でございます。

小さな滝もあり、平安時代から愛された土地だと痛感させられます。

また、秋の台風などの増水は、すさまじいものがあります。自然と一体のすばらしさの、別の一面であります。時折、木の小枝に、不自然なゴミがひっかかっていますれば、増水時の猛威を想像できるかと思います。

大悲閣という名の由来は、山の上の観音堂という仏教語からです。東山の清水寺《きよみずでら》・奈良の長谷寺・尾道の千光寺なども、同じです。

江戸時代は、嵐山・大悲閣は、マイナーではなく、メジャーであり、金閣・銀閣・大悲閣と並び称することができるぐらいの、勢いがあったようです。(大昔)

よく、若い女性から、

「ここは何か、悲しいことがあったお寺ですか?」とか、「どなたか、幽閉されたような歴史があるのですか？」と尋ねられます。

（なるほど、なるほど、そのように考えることもできるな、なるほど、もしかしたら、拙僧がそうなのか）とか夢想したりします。

事実は、謎を解き明かすならば、全然「謎」でなく、北森さんに、一笑に付されますが、仏教「慈悲」心に由来します。

「慈」（いつくしむ）は、楽しみ、喜びを人々に与えたいという、やさしい気持です。

「悲」（かなしむ）は、人々の苦しみ、悩みを感じて、かなしみ、どうにかしてやりたいと願い実行する心です。「悲」、仏教では特に、「大悲《だいひ》」という人間のすばらしい心の導師《どうし》（導《みちび》く菩薩）・体現者として、観音様がおわします。

「この心を大切にしようじゃないか」、という嵐山・大悲閣・千光寺でございます。

北森さんは、私の友人の友人として知り合いました。二人は高校時代のクラブの先輩・後輩だったと思います。山の中に入り自然を楽しむ仲間で、卒業してからも、遠く離れていても、電話で語り合ったり助け合ったりしていました。

側で聞いていて、友だちはいいものだな、と感じていました。今、思うに、あのころが、北森さんの作家修行時代だったような気がし、友人のオンボロ・アパートを思いだします。

私もそのころが、僧侶としての修行中でした。また、道場を離れ、この世でまかされた寺があまりにも、木がぼうぼうで、本堂もなく、檀家もなく、観光ルートからは離れてもいる現状でした。このことを、北森さんが心配して、持前の義侠心と大慈悲でもって、作品の中に、登場させてくださったのでしょう。

大悲閣には、愛読者コーナーを設けています。ノートに、感想を書いていただいています。時代おくれの方法ですが、ほのぼのとした、交流を味わうことができます。

愛読者の方々に、女性が多いのには、驚きました。数年前までは、若人中心でしたが、近ごろは、中年の方々も増えています。先日は、近くの大きな神社の宮司様が、愛読者として、登山してくださいました。料理・骨董・民俗学などの分野がまた、おもしろいと、皆様、おっしゃっています。

ここ数日、ペンが進まない作家の気分を味わっています。「しめ切り日」が、いつも頭の中に、はりついている気分でした。すると、なんと、仏様の御加護により、本日、北森さんの愛読者の方が、おみえになったのです。それも、知らぬ間に、愛読者コーナーに御臨席くださり、スラスラとペンをすべらせているではないですか！（オーゴッド・ホトケ様の光明よ。）愚僧は、スタスタと、そろりそろりと近づき、お願い申し上げたのでした。

快諾していただけました。

「元々、民俗学者のシリーズにはまり、『狐罠《きつねわな》』も読み、図書館の力も借りつつ、かなり、北森先生の本は読みました。

先生の本を読んで、民俗学にも少し興味を持ち、自分の幅も広がりました。『支那そば館の謎』を読んだ時は、私の大好きな場所(でもマイナーな)大悲閣が出ていて、とてもびっくりしました。そして、また、ここに来て、このノートにコメントを書いていることにもびっくりでした。これからも、作品たのしみにしております。」

高松市　M・K（20代・女性）

このように、引用させていただきながら、解説をより充実させることが、できないだろうかと考えました。

さて、北森さんは、まだ若い。現在の得意分野を深めながら、読者を惹きつけながら、新たな世界へ、導かれんことを祈りつつ、おわりたいと存じます。　合掌

二〇〇三年七月　光文社刊

光文社文庫

支那《しな》そば館《かん》の謎《なぞ》 裏《マイナー》京都《きょうと》ミステリー

著 者 北《きた》森《もり》 鴻《こう》

2006年7月20日 初版1刷発行
2010年6月25日 6刷発行

発行者 駒 井 稔
印 刷 慶 昌 堂 印 刷
製 本 関 川 製 本

発行所 株式会社 光 文 社
〒112-8011 東京都文京区音羽1-16-6
電話 (03)5395-8149 編 集 部
8113 書籍販売部
8125 業 務 部

落丁本・乱丁本は業務部にご連絡くだされば、お取替えいたします。
ISBN978-4-334-74099-3 Printed in Japan

お願い　光文社文庫をお読みになって、いかがでございましたか。「読後の感想」を編集部あてに、ぜひお送りください。

このほか光文社文庫では、どんな本をお読みになりましたか。これから、どういう本をご希望ですか。

どの本も、誤植がないようつとめていますが、もしお気づきの点がございましたら、お教えください。ご職業、ご年齢などもお書きそえいただければ幸いです。当社の規定により本来の目的以外に使用せず、大切に扱わせていただきます。

光文社文庫編集部

ミステリー文学資料館編　傑作群

幻の探偵雑誌シリーズ

1 「ぷろふいる」傑作選
2 「探偵趣味」傑作選
3 「シュピオ」傑作選
4 「探偵春秋」傑作選
5 「探偵文藝」傑作選
6 「猟奇」傑作選
7 「新趣味」傑作選
8 「探偵クラブ」傑作選
9 「探偵」傑作選
10 「新青年」傑作選

甦る推理雑誌シリーズ

① 「ロック」傑作選
② 「黒猫」傑作選
③ 「X（エックス）」傑作選
④ 「妖奇」傑作選
⑤ 「密室」傑作選
⑥ 「探偵実話」傑作選
⑦ 「探偵倶楽部」傑作選
⑧ 「エロティック・ミステリー」傑作選
⑨ 「別冊宝石」傑作選
⑩ 「宝石」傑作選

山田風太郎ミステリー傑作選 全10巻

1 眼中の悪魔 本格篇
2 十三角関係 名探偵篇
3 夜よりほかに聴くものもなし サスペンス篇
4 棺《かん》の中の悦楽 凄愴篇
5 戦艦陸奥 戦争篇
6 天国荘奇譚 ユーモア篇
7 男性週期律 セックス&ナンセンス篇
8 怪談部屋 怪奇篇
9 笑う肉仮面 少年篇
10 達磨峠の事件 補遺篇

都筑道夫コレクション 全10巻

女を逃すな〈初期作品集〉
猫の舌に釘をうて〈青春篇〉
悪意銀行〈ユーモア篇〉
三重露出〈パロディ篇〉
暗殺教程〈アクション篇〉
七十五羽の烏〈本格推理篇〉
翔び去りしものの伝説〈SF篇〉
血のスープ〈怪談篇〉
探偵は眠らない〈ハードボイルド篇〉
魔海風雲録〈時代篇〉